CIDADE

DOS

IMORTAIS

Tomo 2 - Existência

Capítulos 018 a 047

2013 – 2020

Lúcio Alex. Belmonte

ISBN:

DEDICATÓRIA

Nesta página de mina história quero registrar a minha gratidão pelos inúmeros leitores e leitoras que propiciaram a atenção e apreço pelo primeiro tomo; possibilitando a edição deste segundo tomo.

O romance "A Cidade dos Imortais" foi criado a sua base em 2013, eram novecentas e quarenta e nove páginas, quando termineide escreve-la. Na primeira revisão em 2014, ficou em oitocentas e algo. Fui aprimorando a fluidez e a coerência dos acontecimentos.

Em 2015 já em outro país, quis editá-lo lá, mas a carência cultural não me permitiu.

Em 2016 estava com algumas editoras em Portugal, Espanha, Brasil e dos países baixos. Não se deu, pois eu queria ganhar o suficiente para escrever outros livros; nessa época já tinha escrito mais de oito e já tinha escrito a versão para outro idioma, de três. Trabalhava muito em outras coisas.... Não estava bem isso!...

Em 2017 deu pau no meu computador e perdi muitos originais, mas a maioria estava "salvo" nas nuvens; os originais de base. Então, reescrevi quase todos, com um ar mais leve e criativo.

Em 2016 fiz um livro bilíngue para os meus alunos de tradução e intrerprete e fui me divertindo escrevendo outros livros por 2017 e 2018.

Em 2019 já iniciei outra fase, concentrando-me em e-book e criando módulos de estudo e conversação de meus livros. Alguns estão em um processo satisfatório...

Agora em 2020, por respeito a mim mesmo, por anos de dedicação às pessoas que me incentivaram por tempos e principalmente a minha família constituída, aos meus leitores e leitoras e grupos de estudos; estarei colocando à venda todos os tomos do livro "A Cidade dos Imortais" como também de outros livros que já tiveram grande aceitação de leitura.

Grato a todos e continuemos nossos passos nesta tremenda aventura literária !!!

Escritor © **Lúcio Alex. Belmonte**

CONTEÚDO

Tomo 2

CAPÍTULO 018 – **EXISTÊNCIA**

Não se desespere! O mundo real existe sim!

Eu o redescobri quando comecei a conversar no transcurso de minha preparação para a minha harmonização.

Há muita qualidade nos processos relacionais que se vive intensamente e plenamente em Espiritualidade.

Não como encontros e desencontros religiosos que adicionam por seus interesses, ou seus empecilhos; mas por passos no Caminho. No verdadeiro e único Caminho.

Viver plenamente O Agora, tem-se a verdade espiritual de que cada momento é único.

Descobri que ser, ser humano, é viver plenamente o nosso estado primordial, afinal somos mais que simples poeiras das estrelas.

Somos passos de mistérios em mistérios...

Detendo os meus pensamentos, esqueço-me de mim mesmo e guardo em meu Espírito a convivência com a minha esposa e filha. Um marco de existência...

- Continuando a harmonização.... Agora, vivo o caminho para a compreensão total de todas estas coisas.

Todos os seres estão harmonizados, e estão ao meu redor, dando-me a impressão de que eles deverão usar uma dose maior de Luz, e eu, de perdão, de perdao a mim mesmo... Ufa! ...

Enfim, tudo o que aconteceu de mau já se findará, esta é a beleza de tudo, somente a essência do bem permanecerá. O mau já não existirá no Universo, em mim...

Lembrar-me-ei intensamente do sorriso de minha esposa e das gargalhadas de minha filha; dos cantos dos pássaros e as sensações causadas em mim pelas chuvas e tempestades, raios e trovões.... As boas recordações ficam para sempre...

De certo muitas pessoas e situações irão se perder de minha memória, mas elas não saberão e eu tão pouco. Que belo! .... Que admirável é esta transformação que harmoniza tudo... fatos, atos, recordações e sonhos...

Sim! Devemos viver assim. Livres do peso das más recordações...

Largando-me de todas as recordações e supostas ações não taao boas assim; desvencilhando-me de todos os sonhos sonhados e realidades semeadas; preparando-me para esquecer-me de mim e ao mesmo tempo me reconhecer totalmente, caminho com e de acordo com o Tempo.

As Luzes se alternam neste baile de cores de mil intensidades, tons e temperaturas.

Uma verdadeira ópera que descreve a saga humana, e os saberes Universais está se desenvolvendo neste momento único.

Os esquecimentos vão acontecendo, algo eu sei que deixei de deixar, sinto-me mais livre e sinto este ir até me esquecendo do perdão, já não sei o porquê do seu significado, já não sou o seu escravo.

Agora me sinto livre, sou eu realmente.
Paz! ...

Pressinto que muitos dias e horas se passaram, mas o findar deste processo se aproxima e eu me recordara de um sonho sempre sonhado...

A minha existência é um sonho bem sonhado, uma realidade única.

Tenho uma existência feliz e uma Vida eterna para desfrutar e compartilhar esta felicidade.

Agora sei que não são os anos que presenteiam a Vida e sim O Agora!

Depois de um tempo nesta vivência total, os ensinamentos que recebo no agora, são as confirmações de tudo aquilo que sei e os quais almejava saber.

Redescubro todas as autoridades contidas nos ensinamentos do oitavo tratado e além dele....

Já estou livre de mim mesmo, portanto, posso ser eu. E sei que não estou, agora sou, não estou só, não estamos sós!....

Há vida em abundante existência, aqui nesta Terra de muitos mundos e de muitos povos, como também, por todo o universo que se expande a cada vida que nasce!

CAPÍTULO 019 - **TODAS AS ORDENS**

A não compreensão da Verdade seria um poder perigoso, desqualificado de autoridade real e desprovido de essência eterna.

Algo que se deve evitar que aconteça e que se propague, custe o que custar.

Doçura extra é a descrição que vou utilizar; o meu Corpo, minha Mente e meu Espirito são um, realmente, novamente, de novo, por fim; mas, o meu Espírito é quem está no comando de tudo e minha mente compreende e obedece e, o meu corpo realiza.

Quando o meu corpo começou a retornar à infância, percebi que tudo ia se apagando, não adiantava disfarçar com a certeza de que era assim mesmo, estava com um misto de sensações, que iria perder e ao mesmo tempo ganhar.

Sentia-me bem, era como caminhar pela relva molhada às dez horas em um dia de verão.

Pareceu-me no início de tudo, até meio sinistro, ter que voltar a ser o que eu era sem o sê-lo de verdade. Quebrar os selos para descobrir por mim mesmo, a verdade que habita em meu interior.

Este processo resgata e executa a limpeza de tudo, permitiu-me abrir caminho para os milhares de aprendizados que comecei a receber desde o início da harmonização.

Agora sei realmente que neste processo tem duas fases, a da

<u>Transformação</u> que é a perda de mim mesmo e a <u>Harmonização</u> que me construiu em Unicidade e Unidade com o Todo.

Magnífico tudo isto!

Sei que o Tempo e Espaço são o que são, símbolos Universais, nada mais do que isto.

Estou plenamente livre de ser eu mesmo nesta dimensão do imensurável amor...

Estou mais aliviado do que um suspiro dado.

Queria realmente dançar, saltar, correr e estar nos braços de todos ali.

Sinto o aconchego, acalanto, o fortalecimento na igualdade.

Meus olhos são outros, tanto interiormente quanto exteriormente.

Nesta cor lilás, aliás tudo vejo, mais além do que simplesmente enxergo.

Estou repleto de Vida! Já não mais existiam cicatrizes de circunstâncias atenuantes, é tudo era calmo.

Sereníssimo!

Seja como seja, neste momento presente, eu o estou vivendo totalmente em sua concepção e essência.

Serenidade! Este é o resultado da minha Decisão.

Realmente o aceito plenamente, porque afinal de contas, eu o tinha decidido para viver.

Percebi de imediato que a felicidade nunca foi dar passo em direção de si próprio, é algo maior, muito maior.... Sinto-me tão feliz!

O amor é crível, mas agora eu o seu de fato!

Há realmente uma força na fraqueza que estou sentindo depois deste processo.

Sei que necessito descansar e fortalecer-me, mas há, algo maior em mim, e pulsa ardentemente.

Minha existência é livre!

Recordar-me-ei do sempre que viverei e isto é reconfortante; poder ter na memória os abraços e sorrisos recebidos, principalmente das pessoas que me amam e que as amo, é algo indescritível!

Saber que poderei construir momentos realmente eternos com elas, é muito, muito emocionante!

Tornarei meus sonhos muito mais interessantes pois terei tempo suficiente para realiza-los.

Atos de Eternidade!

É tudo Espiritualmente possível sem separar a mente e o corpo. Sou eu plenamente, sou um todo imensuravelmente maior, mais além de todas as minhas não limitações...

Também percebi que o finito pode coexistir no Universo junto com o Infinito, porquanto, as minhas boas recordações e atos bons vividos eram finitos e a minha harmonização se faz infinita.

Tudo ficou perfeito.

O finito se une ao infinito. Perfeição!

Realmente quem prática o bem, conquista paz interior, equaliza a perfeição de tudo o que era imperfeito.

O Agora Existe e a gratidão toma conta de cada célula do meu ser.

Ela torna tudo o que sou, suficientemente inteiro neste agradecimento sincero, real e existencial.

Compreendo a existência de todos os atos fraternos. Agradeço imensamente por isto!

Pausa...

Creio que necessitarei de uma poderosa refeição...

Todos nós nos colocamos ao redor da mesa farta e a refeição se tornou um banquete e eu sabia que isto seria para sempre assim.

Um banquete de Vida plena e neste instante indelével, que definitivamente reencontro a minha família sabendo que somos

UM por toda a eternidade, foi e sempre será um momento sumamente indescritível!

Não temos mais aquela sombra do se apagar, a última hora. Já não temos a percepção do eu, mas sim de nós. Riamos todos! ...

Um todo; A Unidade da família na Unicidade de todos os Seres Viventes do Universo.

Não há mais o esperar pela volta e também a percepção do momento da partida. Tudo é um.

Não mais esforço para revelar a Verdade.

Ela existe por si, de ato e de fato.

As sucessivas revelações planetárias destes avançados conhecimentos que residem em cada célula e ligamentos do meu ser, foram compartilhadas para a obtenção da Unicidade eterna e o compartilhar em Unidade com o todo. Sabedoria dos Eternos.

Estamos plenamente cientes, reconhecendo a história Universal como berço da Lei da Unicidade e da Lei da Unidade. Isto nos basta!

A Autoridade se vivencia...

Temos agora somente uma fala em muitas vozes, esta fala é dos conceitos da eternidade, de valores que se é possível viver em todas as culturas e Povos existentes e nos que virão a existir.

Compreendemos os mistérios do Universo, da consciência, das fraquezas que nós nos esquecemos de por completo.

Não nos esquecemos de existências anteriores, mas de sua utilidade no agora.

Dispomos de considerações, sem conveniências fúteis.

As Leis constituem estruturas de liberdade, de buscas e encontros. É o manto que aquece, no temporal que passa. O mérito recebido na concepção de uma verdade incontestável.

O meu Ser é plenamente natural. Original!

Tenho a Autoridade de fato e o poder de atos, dos meus atos! ... A liberdade não é tardia, nunca!

CAPÍTULO 020 - **CONSIDERAÇÕES - SONHOS**

Eu vivi, por anos, um sonho que se fez presente noite após noite.

De tempos em tempos ele mudava somente a frequência, mas as sequências eram as mesmas.

Alguns momentos ele passava de todos os dias para uma vez ou duas vezes na semana, uma vez ao mês, e voltava mais corriqueiro e até que ficou somente uma recordação não continuada.

O que sei é que o sonho agora fazia sentido.

Eu realmente vivi tudo aquilo relatado no sonho, ou penso que sim!

Nesta minha primeira conversa de Imortal com todos os Imortais presentes em casa e através da Esfera, eu estava pleno.

O sonho corriqueiro era real, uma antecipação da realidade que agora vivemos.

Eu busquei vivenciar todos os ensinamentos dos Tratado que percebi existir, antes de minha primeira missão, que era a de reunir os três coletores que estavam no Ocidente.

Eu sabia o que era viver O Sonho Real naquele momento, de compreendê-lo.

Sabia de todos os acontecimentos no Universo e especialmente na Vida da Terra, terra de muitos mundos e de seus habitantes.

Um sonho sequencialmente revelador, que posso e irei agora descrevê-lo com todos os detalhes, com todas as verdades e que é de vital importância para todos da Terra.

Nestes momentos sigo em minha eternidade, com toda a liberdade do Agora, e comparto este meu O Sonho Real.... Neste que vivi todos os momentos anteriores, e O Agora e todos "Os Agoras" depois...

Preparem-se para conhecer o desconhecido!...

CAPÍTULO 021 – **O SONHO REAL**

Um Sonho Real, este que vivi todos os momentos anteriores, e O Agora e todos "Os Agoras" depois... De minha existência. O sonho era assim....

Iniciava-se sempre da mesma forma e transcorria sem muitas variações.

Estava eu, caminhando em um lugar que era todo de uma cultura única e também um único povo.

De certa forma eu sabia que os Antigos sabiam muito mais do que nos revelavam...

Eu sabia, mas não tinha como saber mais, confirmar de fato; somente o Tempo poderia me fazer saber, quando chegasse o dia o qual eu poderia me tornar um dos Antigos, até lá era viver plenamente meus dias, conforme os meus conhecimentos.

Neste acontecer dos tempos, eu tinha uma amiga que sempre caminhávamos e olhávamos as estrelas juntos, compartilhando emoções e razões.

Até aquele momento eu não tinha me dado conta que as estrelas mudavam e que com o passar do Tempo já não voltavam mais ou eram outras que chegavam.

Assim era o Céu deste meu Mundo, do nosso mundo, um mistério lindo...

Tudo mudava, e nós dois compartilhávamos estas mudanças sem as percebermos de fato, até o momento que os nossos passos nos levaram a concepção do imaginável, da Verdade real, de uma realidade de sonhos bem sonhados...

Tudo aconteceu em um dia de recomeço, recomeço de tudo, um desperta...

Uma entrada para a Verdade suprema...

Este era o Momento aonde o Equilíbrio e a Paz se fundiam mais além das esperanças, em nossos novos passos, a verdade nos esclarecia de tudo; tudo novo, neste tudo que já era velho...

Deveríamos somente perceber o onde deste aonde nos levava...

Tínhamos por muito tempo passado pelos caminhos das Escolhas e, há algum Tempo, exercíamos a Autoridade e o Poder que as Decisões têm para cada um de nós e o todo. Apoderamo-nos desta vitória individual neste nosso ritual comunitário.

Neste momento que antecedia a descoberta além da dúvida, os nossos sonhos viajavam.

Viajavam pelas estrelas e iam-se modificando, uns indo e não mais voltando, assim percebíamos, e outros que se iam nos deixando sem os percebermos. Sonhos e realidades...

Pois, a nossa realidade também mudaria de uma forma fantástica...

CAPÍTULO 022 – **NO DIA DO RECOMEÇO**

Neste dia da tal descoberta, eu e a minha amiga nos deparamos com uma entrada meio diferente na encosta de uma montanha em particular, era especificamente ao pé da **Montanha do Céu**.

Aquela montanha em nosso mundo tinha esse nome.

Entreolhávamo-nos e fomos entrando assim, devagarinho e tomando todo o cuidado do mundo para que ninguém nos visse entrando ali, pois já tínhamos escutado, em segredo, alguns adultos falarem de tais locais, e sabíamos que eram proibidos.

Já que tínhamos a percepção de tudo nestes tantos todos da sociedade; este estado proibitivo era algo desconexo com a Verdade que vivíamos.

Sempre nos foi ensinado e pensáramos que sempre havíamos vivido assim, de que, não se proíbe, mas sempre se esclarece o caminho para que se decida um, por seus próprios passo.

Mesmo percebendo que havia algo desarmônico desta percepção de alguns e na restrição chamado "proibido", nós nos encaminhamos a percorrê-lo e vimos neste novo caminho, escritas diferentes...

Mais do que uma forma fascinante, faziam a nós um delicioso sentido, estas escritas diferentes, tinham uma lógica Universal, algo que deveríamos aprender de imediato, mas, de repente, ficou tudo meio feio, confuso e regressamos ás pressas para o nosso Mundo, ao mundo adequado do não proibitivo.

Eu e minha amiga estávamos chegando à Idade das Descobertas, uma idade muito importante no nosso povo, em nossa cultura.

Tornar-nos-íamos participantes ativos de nossa cultura e poderíamos nos instruir para a vida adulta e, até mesmo, chegarmos num porvir distante a sermos um dos Antigos.

Era um privilégio poder servir e isto aconteceria daqui a sete dias.

Os dias de nosso povo eram contados pelos Antigos, esta era uma das honrarias da sabedoria que eles tinham acesso.

A cada novo dia, uma Luz se projetava da Esfera em direção à Cachoeira de Sete Águas.

E um dos Antigos declarava um novo dia.

O nosso calendário era muito simples, em comparação aos dias da Terra, lugar que não conhecíamos, mas que sabíamos que era produto de mentiras que determinavam por rotação e translação de astros e coisas assim.

A Terra era uma das Histórias para as crianças... Era uma ficção para os infantes que permeava até a nossa adolescência, que neste período analisávamos falsas ciências...

O calendário Anual tinha Trezentos e Oitenta e Cinco dias, não havia diferença em dia solar e noite lunar, como nos contos infantis, mas havia um período com mais Luz e outro período de pouca Luz.

Isto determinava o nosso dia de Luz e a nossa noite de pouca Luz, que nos permitia o descanso, a purificação e a revitalização. Importantíssimos para a existência e a vida de um!

O dia de Luz tinha vinte horas e a nossa noite tinha Doze horas. Este era o nosso ciclo diário; e também tínhamos os **seis ciclos da natureza**.

O Primeiro Ciclo era o da Semeadura, tínhamos água que vinha de cima e águas que caminhavam pelas ruas das planícies e que saiam das montanhas.

A temperatura deste clima era bem gostosa, a nossa temperatura corporal ficava entre Trinta e Seis a Quarenta e Cinco graus, mas era um tanto incomodo quando chegava a passar mais de quarenta ou baixava dos Vinte e Sete.

Os antigos diziam-nos que há algum Tempo, no início de tudo, tínhamos a temperatura corporal estabilizada de Trinta e Seis a Trinta e Oito, mas algo aconteceu que mudou muito o Mundo e fomos forçados a nos adaptarmos.

O que era certo é que, quando a nossa temperatura corporal estava em Trinta e Seis e o ambiente estava em Vinte e um a Vinte e seis, tudo ficava agradável.

Até mesmo o Ciclo de Reprodução ficava mais satisfatório, se bem que a reprodução do nosso povo estava um tanto comprometida, até mesmo, desconfiava eu, que estava seletiva naqueles momentos.

Bem, continuando...

Tínhamos As Estações:
- Ciclo da **Semeadura** (Já falei deste),
- Ciclo Das **Águas**: o Clima das águas era um tanto médio-quente.
- Ciclo da **Primeira Intermediaria**: dava de tudo e era bem divertido tentar prever o que iria acontecer naquele período.
- Ciclo da **Moderação**: tudo era na média.
- Ciclo da **Segunda Intermediaria**: era de média para o frio. Um convite a preparar-se para a adversidade do clima vindouro.
- Ciclo do **Frio**: que ultimamente estava um tanto ausente em sua totalidade, era a estação do contemplativo, meditativo...

Quase tudo estava nos conformes, e vivíamos todos os dias de Luz em cada Estação.

Tudo ao seu Tempo, assim vivíamos.

Nós interagíamos com o meio ambiente e tornávamo-nos UM com o Todo.

Desfrutando de tudo que se apresentava.

Tudo estava para a harmonização da existência e a Vida. De um e de Todos.

De tal maneira, sabíamos o Caminho e os passos neste. Tudo estava aparentemente e quase inalteradamente normal....
Quase...

Algumas verdades eram afiançadas através dos tempos de nossas existências e outras se iam confirmando, assim acreditávamos.

O que já tínhamos como Verdade é que a amizade é um presente que se leva para a vida toda.

Para que se possa saborear melhor as nossas aventuras no meu mundo, no nosso Mundo, vou descrevê-las mais atentamente em cada dia de Luz, como realmente tudo ocorreu.

CAPÍTULO 023 - **PRIMEIRO DIA DE LUZ**

Conheçam as nossas aventuras nos Dias de Luzes, irei descrevê-las dia-a-dia....

Neste dia, seguinte ao nosso achado secreto, (O encontramos no **Dia de Recomeço**), eu e a minha amiga de cabelos cor de raios vermelhos; naquele entardecer na estação das Águas; ela, com os seus olhos que diziam mais que os ocultos livros e de uma cor de pele que descrevia os contornos do Universo; estávamos ali, caminhando, compartilhando passos...

Estávamos curiosos em saber mais sobre tudo aquilo. Daquele lugar secreto que encontráramos por acaso.... Seria mesmo por acaso?

Tínhamos cada vez mais certeza que aquele lugar secreto, tinha em seu interior segredos que clamavam por serem descobertos.

Isto inquietava os nossos espíritos, energizava as nossas mentes e empolgava os nossos corpos...

Passamos o final do dia e da noite anterior, decifrando em nossas mentes, os símbolos, signos e seus significados.

Alguns não conseguíamos compreender; tinha a ver com algo mais esquematizado, não pareciam ser símbolos de fala ou de escrita, pareciam estrelas que choravam...

- Ah sim, você quer saber o nome de minha amiga?!... Está bem eu lhe direi...

Ela tem o nome de uma Estrela que é muito significativa para nós, porque é ao mesmo Tempo, o ponto de partida, como o de regresso em nossa cultura; O nome dela é **ORION.**

- Ah, quer saber o meu nome neste meu relato de sonho e realidade...

Está bem, eu lhe direi.

O meu nome tem o significado da busca e do encontro e tem um tom de Autoridade que os Antigos têm; o meu nome é **ARCÁN**.

Por fim, eu **ARCÁN** e a **ORION** passaríamos para o segundo passo de nosso Ciclo de Vida que chamamos de Ciclo das Decisões e demoraria muito, muito tempo para sentirmos as ondas que nos levariam a procriação.

Assim pensávamos...

Tudo o que tinha acontecido no Primeiro dia de Luz, deveria transcorrer normalmente e especialmente a nossa descoberta.

Tudo ao seu Tempo.

Nada a revelar o que, todavia, não nos tinha sido revelado por completo.

Tínhamos descoberto algo, portanto, ponderamos sobre isso e decidimos que deveríamos deixar ás luzes passarem e aternos às responsabilidades que nos aguardavam.... Que se traduzia no nosso **Dia de Apresentação**; uma ocasião única em nossas vidas...

Cada dia tem a sua importância, mesmo em sua simplicidade de apresentação, os conteúdos são os que se registram diante da eternidade...

Retomando...

Estávamos na manhã da Luz do Primeiro Dia semanal; os nomes dos nossos dias são muitos práticos, iniciasse com:
- O **Recomeço**; O **Primeiro** dia de Luz; O **Segundo** dia de Luz; O **Terceiro** dia de Luz; O **Quarto** dia de Luz; O **Quinto** dia de Luz e O **Descanso**.

Apresento o resumo do que sucedeu naquela semana de Luz, na semana de todos os segredos que se iniciam...

Recomeço, (Descobrimos a entrada secreta).

Primeiro, (Deciframos, ponderamos no que vimos na Montanha do Céu).

Segundo, (Nossa segunda investida pela Caverna dos Sinais; A Luz; Conhecemos ERA).

Terceiro, (Um pouco mais de Luz nestas verdades; O Era faz o reconhecimento e revela-nos o Segredo).

Quarto, (Caminhantes da Verdade; A Biblioteca dos Imortais; O livro I)

Quinto, (O retorno à Biblioteca dos Imortais; O Livro II; O recrutamento).

Descanso. (Descansamos de nós mesmos... vivemos O Momento, O choque que ERA provocou em nós).

- Vamos aos esclarecimentos...

O DIA DE RECOMEÇO era um dia de trabalho espiritual, onde a magia e a ciência se apresentavam unidas em seus mistérios.

Os nomes dos dias foram dados antes das primeiras estrelas começarem a irem-se sem voltarem jamais.

Na Luz do **Primeiro Dia**, tínhamos muito, muito que pensar em relação a nossa descoberta. Mas, cautela era a palavra da vez.

Afinal, segredo era para ser guardado, até que se provasse o contrário ou alguém nos descobrisse.

Tudo isto era muito, muito diferente.

Sim! Tínhamos todos os conhecimentos dos **Sete Livros** para aprender e todos nos diziam que eram muito divertidos e empolgantes.

Contudo, pelos brilhos dos olhos da maioria dos antigos, não nos pareciam algo assim tão, tão emocionante.

Queríamos irmos à **Montanha do Céu**...

Queríamos ir à **Montanha do Céu** (Onde estava a entrada para O Segredo, ou os segredos), mas fomos designados a irmos para outro lugar, trabalhar com os cristais, e isto ficava a Três quartos de dia de distância das montanhas; enfim, tínhamos mais alguns tempos para ansiarmos pelas revelações....

Todos os dias se faz propício para viver plenamente.

Neste dia executamos com plena satisfação os nossos deveres, trabalhando com os cristais.

Descreverei os seguintes dias e nossas tremendas descobertas. A aventura se intensifica!

Perguntas se tornam mais importantes do que as respostas.

CAPÍTULO 024 - **SEGUNDO DIA DE LUZ**

Já se passaram o dia do Recomeço, e o Primeiro, estávamos no **Segundo dia**, este dia de trabalho estava mais próximo das montanhas e transcorreu normalmente e far-se-ia noite em pouco tempo.

Conseguimos nos esconder e caminhamos rapidamente para a **Montanha do Céu**; ela recebeu este nome, porque era muito, muito alta e ia até tocar as estrelas.

Não era permitido a nós nos aventurarmos nela, nem tão pouco pensarmos em um dia escalá-la.

Coisas dos Antigos...

Não, não, não... Os Antigos tinham muitos nãos...

Muito bem!

Chegamos e entramos na **Caverna dos Sinais** (O lugar Secreto), mas antes tivemos que "rolar" uma pedra enorme que não estava antes lá, no Dia Descanso, e também, tinha uns arbustos que não sei de onde eles vieram.

Assim, depois de tudo feito, tirando os arbustos e rolando a pedra; conseguimos irmos mais a dentro da **Caverna dos Sinais** (foi eu e Orion, que lhe demos este nome), começamos a andar até percebermos que em uma parede enorme, como se fosse atrás da Montanha do Céu; estava emitindo uma Luz que nunca tínhamos visto antes.

Havia uma sequência de símbolos e tons de Luzes estranhas, e começamos a observar mais detalhadamente a ponto de, em uníssono, exclamarmos: - Já sei a sequência! ...

Sorrimos e sem pensarmos muito, executamos a sequência.

De repente, uma luz holográfica, como os jogos das crianças, em forma de humano nos apareceu e começou a nos fitar nos olhos e a falar conosco.

Sim, em forma de humano; os humanos eram de um povo que se contava nas reuniões dos Antigos, isto nós sabíamos, porque alguns recém-iniciados nos contaram como eram...

Como era somente isto que conseguimos por tempos saber destas reuniões dos Antigos, a imagem descrita nos era tão familiar que a reconhecemos no ato.

Era um humano!

Tudo bem, a imagem do humano tinha um aspecto interessante e uma voz de orientador.

Ele se apresentou, ele era o **Orientador**. De imediato nós o chamamos de: - O Orientador **ERA**.

ERA de imediato nos perguntou de que "Mundo" nós éramos? De qual "Povo" éramos?

Percebendo a confusão através de nossas expressões faciais e corporais, um tanto desorientadas; ele parou de falar e sumiu...

Ficamos a chama-lo: **ERA**, **ERA**..., porém ele se foi!

Ele já era.... ahahahah!

Saímos meio confusos, e rapidamente voltamos ao "nosso Mundo" ao "Nosso Povo".

Tínhamos tantas perguntas...

Que significava tudo isso? ...

Que perguntas foram aquelas?

Onde este Orientador **ERA** estava?

Porque ele parou de perguntar?

Para onde ele foi?

Retornamos para revitalizarmo-nos e com a decisão de esclarecer todos os fatos deste nosso ato de busca... Ou de encontro...

Deixando tudo nos conformes na entrada secreta da Montanha do Céu, entreolhamo-nos, e sorrimos...

Que emocionante!

Algo a ser desvendado!

Conversamos um pouco mais e fomos dormir.

Foi um dia que desvendava possibilidades...

O Terceiro Dia de Luz se anunciava...

CAPÍTULO 025 - **TERCEIRO DIA DE LUZ**

Neste dia, que foi o Terceiro dia de Luz, **Orion** e eu conversamos muito, durante o nosso trabalho nas Estradas de Água.

O corredor de águas que abastece todo "O Nosso Mundo" e que algumas servem como meio de locomoção.

Estávamos cheios de perguntas ao Orientador **ERA**, mas não podíamos falar com ninguém a respeito e somente poderíamos voltar ali á noite deste **Terceiro dia**.

À noite vem chegando, vai cobrindo com a sua fraca luz toda a extensão do "Nosso Mundo" e fazendo com que o "Nosso Povo" descanse.

"Nosso Mundo", "Nosso Povo" ...

.-.-.

Aproveitamos e fomos rapidamente para **a Montanha do Céu**, e logicamente a pedra grande e os arbustos estavam lá, pois nós tínhamos colocado tudo no lugar certo na noite anterior.

Por fim, entramos e fomos até atrás da Montanha do Céu, onde da parede interior, conhecemos o Orientador **ERA**.

De fato, ele se apresentou e disse-nos que fez um reconhecimento de nós dois e do Nosso Povo e a situação do Nosso Mundo.

Tudo estava quase que normal, mas tinha outros povos que foram afetados em demasia, que ficaram em outros lugares pela Estrada das Estrelas.

Nós nos entreolhamos e a nossa expressão facial já revelava tudo...

Então, o **ERA** disse-nos que éramos tripulantes de um comboio de naves que estavam reunindo todos os seres do Universo, alguns representantes destes, para viverem em um planeta muito grande, que tinha uma cultura universal e que este planeta muito grande poderia abrigar todos os povos com as particularidades de seus mundos...

ORION olhou-me fixamente e com um sorriso inocente exclamou simplesmente o meu nome: **ARCÁN**!

ERA rapidamente nos explicou mais detalhadamente e especificamente algumas coisas de tudo isto.

Compreendemos e dissemos que não sabíamos de nada.

O **ERA** decidiu então, apresentar-nos vários filmes, semelhantes aos jogos dos adolescentes e começamos a entender algumas esquisitices dos Antigos.

Entendemos que fazíamos parte de um comboio de naves e que estávamos Viajando pelas Estrelas..., todavia, aonde era "O Nosso Mundo" e por que nominava, o **ERA** de "O Nosso Povo", e onde estavam os demais "povos", "mundos"; e os que ficaram pela Estrada das Estrelas?!...Tudo isto, era-nos muito confuso.

Quem são eles?

O que é a Estrada das Estrelas?

O Tempo das exibições dos filmes e as devidas explicações por parte do **ERA**, demoraram um pouco mais da conta, deveríamos irmos descansar para o dia seguinte, desta forma retornamos para "O Nosso Mundo" e ao "Nosso Povo", com algo mais da Verdade...

A Verdade era maior do que nós poderíamos prever...

Decidimos naquele momento em diante, sermos os Caminhantes desta Verdade maior que estávamos recém lidando.

Eu e **ORION**, cada qual, passou à noite sonhando e reformulando o conceito de Verdade.

Somos Caminhantes da Verdade, e pensávamos por separado.... Qual é a verdade?

Uma certeza estava registrada no coração de nós dois, era que iríamos conhecer toda a verdade, isto estava decidido!

Cada qual, em seu lugar de descanso, buscou o silêncio que

tudo expressa e adormecemos as nossas inquietações. O Quarto Dia de Luz se avizinhava...

CAPÍTULO 026 - **QUARTO DIA DE LUZ**

Neste Quarto dia de Luz, fomos designados para irmos à **Biblioteca dos Imortais**, e ajudar as pessoas que trabalhavam lá, com a conservação do acervo.

Este lugar ficava a dois terços de dia de distância, quase no meio oriente do nosso Mundo, e já sabíamos que não iriamos retornar à Montanha do Céu naquela noite. Assim pensávamos...

Tudo bem, eu e **ORION** já tínhamos resolvido aproveitar a designação para ver se encontrávamos algo relacionado com os símbolos da caverna, lá nos livros da Biblioteca dos Imortais.
Um mistério...

De fato, como estávamos a dias de Luz para nos apresentarmos ao **Conselho dos Antigos**, foi-nos permitido conhecer e trabalhar nos Ocultos da Biblioteca dos Imortais.
Coisa que somente sabíamos que existia, mas que nunca tínhamos visto.
Era enorme, fabulosa, de uma construção e tecnologia nunca vista por nós. Tudo funcionava em uma perfeição extraordinária.

Lá estava o conhecimento do Tempo e Espaço; Dos tempos e tempos de nosso povo e as histórias dos **Caminhos das Estrelas**.

Foi-nos dado o Tomo I do livro "Os Caminhos das Estrelas" (Eram doze). Teríamos que verificar o seu estado e se preciso fora; executar processos de reparação; preservação. Mas, o seu estado estava impecável, não havia nenhum erro de conservação. Então, aproveitamos o tempo ganho, para lê-lo....

Neste livro tinha tudo que se possa imaginar de tecnologia

e assim fomos testando todas, para ver se funcionavam, isto estava conforme o nosso trabalho de conservação.

Testamos e enchemo-nos de conhecimentos, deste livro e de muitas coisas, aliadas ao que o **ERA** nos tinha contado, já se apresentavam mais esclarecidas as palavras dele, entendíamos nas entrelinhas, nas imagens e luzes, nos sons e nos silêncios guardados naquele livro. Fantástico!

Creio eu, que fomos os trabalhadores mais empolgados que ali plantaram os seus pés, olhos, ouvidos...

Sim! Participávamos ativamente naquele lugar e se nos fosse permitido, pelo Conselho dos Antigos, de decidirmos um lugar Central de Trabalho, escolheríamos a Biblioteca dos Imortais.

Em nossa sociedade, todos os adultos tinham o seu Trabalho Central, mas todos, sem exceção, trabalhavam de tempos em tempos em outros lugares, assim todos aprendiam de tudo para todos servirem.

O nosso Servir, divide-se em quatro partes de Um Todo:
- Para a **própria Existência**,
- Para a **própria Vida**,
- Para a **existência do outro**,
- Para a **Vida do Outro**.

Desta forma o núcleo é Unidade.

Assim o ser imortal tem o porquê de sua imortalidade!

CAPÍTULO 027 - **QUINTO DIA DE LUZ**

Descansamos quase à noite inteira e depois neste Quinto dia de Luz, voltamos para a Biblioteca dos Imortais.

Algo aguçou a curiosidade dos que trabalhavam lá, porque assim que chegamos eles começaram a nos perguntar o que pensávamos de tudo que tínhamos "testado".
Estas "perguntas" nos pareceu até uma pegadinha (Brincadeira de adolescentes).

Tudo bem, nós falamos das nossas impressões destes mistérios, e os olhos dos trabalhadores deste local ficaram mais e mais brilhantes, revelando a Luz de suas almas unificadas com estes saberes...

ORION, sendo uma mulher mais atrevida no falar do que no fazer, e eu um tanto relator dos atos feitos do que um senso pensante antes de falar; não nós demos em falso, sem grandes escorregadelas, permanecemos firmes em nosso segredo.
ORION discursava com explanações do conhecimento de que, cada estrela revelava a sabedoria contida em cada célula do nosso ser.

As constelações atestavam a Unicidade entre todos nós.... Esta era a essência da Unidade...
Ufa, **ORION**, que filósofa me saia...

Eu olhava para a **ORION** e para os seus ouvintes e dava-me conta que, em algumas ocasiões, alguns entendiam mais nas entrelinhas pronunciadas por ela do que tentávamos não provocar.
Isso também aconteceu comigo, mas, como já disse, sem grandes escorregadelas. Mantivemos o nosso segredo.

Aproveitamos para testar o Tomo Dois do livro " Os Caminhos das Estrelas", que era uma emocionante história, parecia algo que os filmes do **ERA** continham e que agora percebíamos que deveríamos estar muito mais atentos aos seus ensinamentos.

Era o tempo de aprender mais, muito mais sobre a Verdade...

CAPÍTULO 028 - **DIA DE DESCANSO**

No sexto Dia de Luz, refletimos neste livro.

Algo nos impulsionava a pensar mais sobre os seus escritos, por exemplo:

- Que o dia de Descanso correspondia a Quarta-feira dos povos da Terra, num determinado Mundo, deste Planeta de muitos mundos e muitos povos.

Por que se tinha preservado tantas referências sobre os povos da Terra; seus costumes, culturas e outras tantas particularidades?

Não era o "povo da Terra" uma historieta? ...

Não! Não era, porque a história era longa e cheia de detalhes outros e dava-nos uma sensação de que havia verdades ocultas nas entrelinhas...

Muito, muito interessante! ...

Neste **dia de Descanso** fomos orientados a meditar em nossos conhecimentos.

De como deveríamos nos preparar para a apresentação no dia de Recomeço; estávamos sem outras obrigações...

Sendo, como bons exploradores, buscamos num momento discretamente apropriado, nestes novos saberes, para coletar mais informações para a nossa formação diante do Conselho dos Antigos.

Fomos buscar o saber que era do **ERA**. Como faltava somente este dia de Luz para a apresentação diante do Conselho dos Antigos, fomos rápidos e ao chegarmos falamos de todas as coisas que descobrimos e aprendemos na Biblioteca dos Imortais e do Tomos I e II do livro "Os Caminhos das Estrelas".

O **ERA** disse-nos algumas coisas a mais, algo que nos chocou.... O abalo provocado por **ERA**, era que ele era somente e atualmente, um simples holograma, ele já não existia de fato, ali conosco.

Ele fora com o seu Povo para um planeta que ficou em uma distância atrás em nossa jornada.

Do comboio das naves, somente a nossa nave, que era a maior, não ficou em nenhum planeta, porque houve um problema com as nossas defesas e uma avalia no sistema de comando, e isso fez com que todo o Pessoal Operacional fosse preparar um planeta para nós. Mas, a nossa nave se foi, misteriosamente se foi e os deixou...

Desta forma estávamos viajando à deriva, em "piloto automático" por algum tempo, e outros acontecimentos sinistros aconteceram e por isso já era chegada a hora de recrutar pessoas de vários Mundos que, para compor novamente o Pessoal Operacional e deste modo, rumarmos para a casa, para uma nova casa, para o Planeta Gigante.

Este momento estava acontecendo no Agora, nesta nave.... Fantástico, a nossa existência se potencializara novamente! ...

Iríamos nos apresentar para o **Conselho dos Antigos** e já conhecíamos os "**Segredos das Estrelas**". Mas, a nossa alegria duraria pouco, o **ERA** disse-nos que, como havia perdido a continuidade da instrução em alguns Mundos, e nem todos estavam vivendo plenamente a Lei da Unicidade, em sua terceira instância.

Por conseguinte, era bom que não disséssemos nada para que não sofrêssemos alguma reprimenda mais séria por isto. E que, provavelmente, "o nosso Mundo" seria um desses poucos mundos toscos.

Tudo bem, ele era O Orientador **ERA**...

Estávamos aprendendo e compreendendo passo a passo, o referente ao inexplicável.

Ficamos muitas horas lá, com O **ERA**, e retornamos para o

nosso descanso, pois neste **dia de Descanso** o normal era descansar mesmo e nós dois estávamos uns trapos...

Como nos tinham ensinado, viver O Agora era o correto e deveríamos deixar tudo o que nos causasse desconforto, naquele momento, naquele dia especial, por tanto, descansamos de tudo isto e até mesmo da nossa ansiedade para o dia seguinte, diante do Conselho...

O grande dia da nossa apresentação diante do Conselho dos Antigos chegara.

Era o momento, o lugar onde veríamos os Sete livros e outras tantas coisas que nos daria o conhecimento necessário para prosseguirmos em nossas vidas, em nossa cultura, em nosso Mundo, com as nossas existências.

Coisa tal, já nos parecia menor..., mas, como ainda não tínhamos vivenciado este Agora diante do Conselho dos Antigos, seguíamos o curso...

Nada de formulações e especulações, tínhamos que Viver aquele Momento...

Tínhamos que ter em mente que a Unidade era a quinta parte do Todo e ao mesmo tempo em que tínhamos a vivência de nossa unicidade, Vivíamos O Todo.

Vivíamos a nossa Existência...
A nossa Vida.

Vivíamos a existência do Outro...
Servíamos a Vida do outro.

Somos UM no Todo.

CAPÍTULO 029 - **DIA DE RECOMEÇO (LITERALMENTE!)**

Este é um dia duplo, o Sétimo e o oitavo dia de Luz foram unificados.

O Sétimo é o dia do Agora e o oitavo era o dia da Energia Potencializada, que corresponderia à quinta-feira dos Povos da Terra (Assim estava escrito nos livros antigos).

Chegara o grande dia designado para a nossa apresentação diante do Conselho dos Antigos.

Muito bem, seis dias se passaram, e era O Dia da Apresentação, da nossa apresentação.

Um novo dia, e naquele dia estaríamos diante dos Antigos.

Todos estavam posicionados nas frestas das **Montanhas do Vale da União.** Local onde a cada **Três Eméritos Ciclos** se realizava esta **Cerimônia de Apresentação** diante dos Antigos em seu Conselho.

A Luz Violeta que era a cor dos olhos e olhares dos Antigos, se fez presente neste dia honrado.

Os Antigos aproximaram-se e sentaram-se, olhando alegremente para todos de nosso Povo.

Era realmente um lugar sem igual.

Os construtores Antigos realizaram uma verdadeira obra de arte que se integrou à natureza local.

As trombetas Longas dos **Guardiões** foram tocadas, liberando o som mais agradável que todo o Ser já pudera um dia ter escutado.

Éramos um com a natureza de nosso Mundo, com a nossa

Cultura, com todos do nosso Povo.

Realmente um acontecimento Maior em nossas existências.

Foi apresentada através de várias tecnologias, a história dos **Guardiões das Estrelas**.

Esta história consiste em imprimir em cada Ser ali presente a responsabilidade da Conservação e Guarda de nossa Cultura e, sobretudo, a Essência da **Lei da Unicidade**; Sem a qual o ar ficaria irrespirável.

Assim falavam os Guardiões...

Depois desta apresentação, ficamos todos em silêncio por Quinze tempos.... Para a:
- Assimilação,
- Reflexão,
- Conhecimento,
- Introspecção
- Ação.

Ao findar os Três estágios de cada Tempo – Para mim, para os Outros, para Nós; o êxtase surgiu; fez-se um estrondoso aplauso coletivo guardado em cada coração presente.

Que revigorante era tudo aquilo, cada passo, cada acontecimento era único, mesmo que fosse repassado por eras, o momento em si, realmente se torna único. E depois de um breve silêncio que seguira, os **Vinte e Cinco Guardiões** elegeram o seu **Orador**. Assim é o costume, e este Escolhido nos fala em sabedoria.

Os Guardiões começam a entonar a **Canção da Estrela** que despeja água.

Algumas palavras desta canção, são um tanto obscuras para àqueles que não foram apresentados à Verdade, tais como Lágrimas; Saudades, Solidão e algumas mais.

Estas expressões de sentimentos mais pesados, não faziam muita presença em nossa cultura, em nosso dia-a-dia, mas, no contexto da história cantada, aprende-se algo valioso para a existência e para a Vida.

No momento seguinte à canção entoada, fez-se um Segundo Silêncio de Trinta tempos.

Isto tem a ver com uma contagem pequena do Tempo de um Ciclo dos Antigos e que às vezes variavam em um dia a mais ou alguns dias a menos.

Como era um tanto confuso, foi abolido do nosso calendário, mas por respeito e para valorizar a nossa cultura de compartilhar, permanecemos reverenciando estes Trinta tempos, em forma de silêncio, em uma forma nova de contagem.

Que profundo era tudo aquilo, estávamos todos em êxtase. O coletivo estava sendo vivenciado em sua plenitude e tudo isto nos alegrava muito a existência em nossas Vidas.

O Conselho dos Antigos apresenta-se novamente, e os doze Antigos, chamam à **Pedra da Lei** um novo Antigo que irá permanecer com eles até o próximo momento de apresentação em alguns anos de Luz.

Isto foi criado para que cada membro do conselho dos Antigos possa ter Tempo em se elevar a ponto de poder cuidar de Todos.

Agora eram chamadas as Jovens que irão ser apresentadas ao Conselho dos Antigos.

A melodia é suficientemente suave a ponto de elevar a todos há uma União inexplicável.

As vozes das Jovens são como acalantos ao início da noite no tempo da Estação Fria e ao mesmo tempo, estas vozes têm aquela potência da Estação que nos conduz a Procriação.

A Canção dos Ventos, diz a nós, sobre a história dos povos Antigos que se uniram em um único Povo, para assim trazer Paz a Todos; que deixaram que os Ventos diminuíssem o seu ego; tirassem os seus atos egoístas, as suas suposições de poder.

Depois deles terem adquirido o grande vazio, os ventos trouxeram a eles a Autoridade dos Tempos e a Eternidade do Agora; e de Mundos em Mundos, e a União se fazia presente; todos seguiam os Ventos por todas as Estrelas de todas as galáxias.

Neste Agora, eu e **ORION**, sabíamos o significado destas frases "poéticas" que revelavam o Caminhar dos Povos. A qual relata em suas letras todos os mistérios, estes que foram se diluindo e os silêncios os comunicando mais e mais em palavras desveladas...

Eu e **ORION** estávamos compreendendo todos estes ensinamentos sutis...

Um Grande silêncio se fez, por Sessenta Tempos e lágrimas de alegria surgiram em nossas fases renovadas pela plenitude da Vida.

As lágrimas eram raras em nossa face, a não ser, as de alegria...

Começamos a unir as nossas mãos, tocando até o final do antebraço do outro e da direita à esquerda, iniciamos um movimento lateral, que nos unia mais e mais. E quando estávamos nestes Sessenta tempos, um som se ouviu...

Único, belíssimo, que marcava o único movimento giratório de todo o tronco de cada pessoa ali presente.

Da esquerda para a direita, iniciávamos ao final do Som Único o Mover em Círculo, da esquerda em direção as costas, à direita em direção a nossa frente; e assim se completa o Círculo que tudo Contém; e " o Tudo" era executado em uma velocidade apaziguadora até o ponto em que as vozes dos Treze Antigos se faziam presente e outro aplauso coletivo inundara o ambiente e o nosso Ser.

Um aplauso de jubilo, de êxtase, de encontros...

Cada mulher jovem agora faz a sua apresentação individual, cada qual segue o seu coração, unindo o seu Ser em um Todo.

Seus corpos transmitem a beleza da forma eterna, a sua

mente equilibrada e criadora, os ensinamentos de sua alma e o seu Espírito descrevem as Verdades insondáveis; e logicamente que os Homens Jovens e solteiros ali presentes, ficam atentos aos sinais para saberem se foram atraídos intimamente e que num futuro relativamente próximo, possam revigorar estes sentidos para a procriação. Mas, isto é muito velado e é coisa de homens, e como sempre, não se comenta em aberto...

Irei descrever a apresentação de **ORION**, que a meu ver, foi a apresentação mais tocante de todas...

Ela principia, com um olhar de acalanto e uma voz de mistério revelado...

Sou Filha das Estrelas, percorro o Universo em segredo, navegando a deriva de meus esclarecimentos, redescobrindo o óbvio que nos observava.

Eu sou aquela que se apresenta diante do Conselho dos Antigos, que imprime seus passos para o porvir dos dias de luzes e que guarda à noite de descanso para o amor de um.... (-Lindo isto, né!) ...

Eu sou a Filha de minha Mãe que sabe guardar os mistérios e Filha do meu Pai que me instruiu na Sabedoria do nosso Povo.
Meu Caminhar é em companhia de um.
Minha existência confirma a unicidade de nosso povo.
Sou Vida! E das letras antigas, que eram indecifráveis, agora faço parte do seu silêncio que tudo revela.
(-Ops! .... Ela está se empolgando demais, já está passando das entrelinhas... aquieta-te mulher! ...).

Os Antigos percebem algo nas entrelinhas, mas não a interrompem, ela termina clamando o Desvendar dos Mistérios e a manutenção dos Tempos Encobertos.

(-Ufa! .... Ela concertou tudo. Tudo bem!).

Depois de tudo declarado, de todas as Jovens, um novo silêncio de 15 Tempos se apresenta.

Desta forma termina em um novo aplauso coletivo e **O Som dos Imortais** ressoa por todos e para todos.

O Som dos Imortais é algo que nos é ensinado desde o momento que a nossa voz se firma, somente depois disto é que podemos aprender e a treinar a emissão desta voz.

Algo difícil, mas muito prazeroso.

Temos a Paz. Somos Voz Imortal!

Sabemos, duma maneira, dum saber um tanto superficial, quando um dos Antigos decide que se irá para o Todo. Assim nos contavam quase que veladamente...

A noção que tínhamos era como se fora uma biblioteca que se queimava, mas todos os registros ainda estariam ali, para serem acessados pela determinação de nosso Povo. Era algo assim...

Esta era a ideia que nos passavam; mas que não entendíamos muito o ato, e o modo em si de como ocorreria, mas compreendíamos a essência do fato.

Simplesmente assimilávamos estes conhecimentos e os compartilhávamos em escritas, criando momentos de transmissão de sabedoria.

Sei que quando eu escrevo, eu crio momentos!

E é neste olhar certeiro da Verdade, que arrebato a minha alma à eternidade, o nosso Povo se une a Todos os Povos; de perto e de longe. Reluzindo cada ser pelos caminhos das estrelas.

Somos UM, um olhar que vê; que toca a Essência dos Guardiões. Um olhar que sabe esperar e também agir.

O fato acontece, a Verdade se vive, a permissão é dada. Somos Vida!

Somos permitidos ser o que somos; Súditos deste Reino Eterno.

Somos UM ao emitirmos o Som dos Imortais, e depois de muitas vozes, nós nos apressamos a estarmos unidos em Silêncio, até o momento que as Luzes invadem o ambiente e as Chamas das **Três Flechas** se veem riscando o céu.

Neste momento os Jovens Homens são chamados aos seus ofícios...

Em Tempos antigos, este seria o Oitavo dia de Luz... **O Dia de Gratidão**.

Este dia existe e coexiste somente neste momento diante do Conselho dos Antigos.

Ele nos fala de União e de Respeito à nossa Cultura...

O Dia de Recomeço transmite a consciência que tudo vem por graça recebida, temos a gratidão em receber e também se incorpora a essência do Dia de Gratidão, que é o momento que se expressa gratidão a tudo e a todos, compartilhando-a neste momento especial.

CAPÍTULO 030 - **DIA DE GRATIDÃO**

O Eterno Oitavo dia de Luz, atemporal.

Neste momento diante do **Conselho dos Antigos** o dia se torna duplo.

Duplamente temos o período de Luz e de Pouca Luz.

Tudo fica com mais Tempo e mais espaço para a existência da Vida.

Este dia foi acrescentado em honra aos **Guardiões Reais** e a **Ordem dos Príncipes Guardiões**.

Todos estes momentos estão descritos nos **Livros dos Ofícios**, que contém Treze volumes de Trezentos e sessenta e três páginas cada, na **Voz dos Imortais** e em **Letras das Estrelas**.

Os relatos dos **Guardiões Reais** nos dão Essência de **existência** e os relatos da **Ordem dos Príncipes Guardiões** nos dá Essência de **Vida**.

Neste momento se instaura a força potencializada da Luz Maior e se diz sobre os Ofícios...

Os Homens Jovens de idade certa são chamados diante do Conselho dos Antigos.

Seus olhares estão como se contemplassem o nascer da Luz e que esperam pelo poente da mesma.

Uma alegria de alguma coisa por vir, e fé na certeza de receber a instrução que persistirão em transmitir...

Um simples sorriso do orador dos Antigos, traz a concentração ao momento.

Este, em sua fala, aguarda o saber da União do pensar e do agir, de todos os mistérios, ou a maioria deles.

Cada palavra emitida se reveste de Poemas de Luzes.

Estes Jovens oradores farão parte da **União dos Jovens Iniciados** e poderão conversar a respeito dos mistérios, de forma aberta entre eles, e isto traz Paz a todos...

Aperfeiçoarão o Pronunciar e o Realizar em princípios de união, revelando a unidade no contexto da unicidade.

Agora é o meu momento, momento de pronunciar a Sabedoria, de soltar a minha voz no compasso do vento, porquanto início a minha fala:

- Neste momento, vou continuar nascendo, entre as diferenças do meu saber e as certezas de minhas antigas dúvidas.

Acordarei todas as manhãs, nestas manhãs de novos dias de Luz, com a certeza de buscar O Encontro, de realizar meus sonhos, sem ser impedido, por mim mesmo, de realizar a minha realidade.

Sei de muitos momentos inexplicáveis, contidos nos registros de nossa história, destes muitos registros destaco: - O do grande som de Vozes Estranhas... e, Dos Clarões nos momentos de pouca luz em dias do Tempo do Frio.

Também anuncio, o De Lugares que ainda Não Conhecemos. (Contive-me – Ufa! ...); pois todos estes fazem parte de um todo.

Estes todos não são tudo a saber, mas "O Tudo" tem o seu momento. Portanto, enxergamos aquilo que nós propomos a enxergar.

Hoje receberemos os Sinais, saberemos o porquê da **Existência da Procura** e o Verdadeiro **Significado da Busca**. Amanhã outra luz virá nos visitar e seremos completamente diferentes deste momento.

Neste Agora!...

Saberemos das entrelinhas de cada UM e que UM é um Mundo e o Mundo é de cada um.

São estas as Escritas que estão nos **Livros dos Guardiões...**

Temos os nossos tesouros e os compartilhamos com cada um, o Todo que é a nossa Casa, a nossa Terra, o Reino que pertencemos.

(Neste momento me deu um gostinho de cutucar mais forte nas entrelinhas e dizer mais do que queria ocultar..., mas, a paciência é uma delícia quando se toma em doses de prazer, pela manhã).

E continuei...

Se mesmo as folhas das árvores que quando cai ficam à deriva nos pequenos rios por algum Tempo, quase que se perdendo; os Tempos nos ensinam que é de ELE o Provir da Sabedoria e assim com estes momentos que Criamos, vamos encontrando as soluções, os nossos rumos e por fim, o Saber caminhar por nossos Caminhos.

Desta forma, descobrimos coisas antes cobertas e outras nem tanto. (Quase que escapou – Oh vontade de falar do outro lado da Montanha do céu.... Deixa para lá...).

Finalizo a minha apresentação dizendo dos toques que encantam, dos sorrisos que nos chegam à alma, da sedução completa do nosso Espírito pela Verdade suprema, que é a nossa eternidade.

Sim! Somos o que somos. Somos **Os Guerreiros dos Silêncios, Filhos dos Imortais**, daqueles que navegando pelas Estrelas, que invadiram com suas palavras misteriosas e definiram os passos de todos os Povos.

Somos **Filhos da Eternidade**. Somos àqueles que impingiram liberdade, que fizeram menção à Paz.

Porquanto, sabemos que para nos organizar para uma viagem, necessitamos de tempo para providenciar todas as coisas que imaginamos; concebendo o que precisamos e quando chegamos ao nosso lugar almejado, descarregamos tudo tão rápido para nós nos abrimos ás novas experiências. Assim é a Vida. Desatamos os nós, saboreamos a paciência, e colhemos Verdades...

Das Escritas dos Guardiões aprendi, nos livros existentes na Biblioteca dos Imortais, que as grafias nos revelam mais do que podemos naquele momento aprender, mas, mesmo as reticências podendo ser o ponto final dos indecisos e os descritos, nós, os Filhos das Estrelas, acreditamos em algo mais...

Para UM, para todos nós...

Deciframos os mistérios ocultos das reticências, completando-as com o nosso agora; pois, acreditamos que dispomos vírgulas em nossa existência e usamos o verbo reticenciar em nossa Vida para nos dar conclusões de passos...

Vírgulas e reticências, são decisões importantes a se tomar, e ter-se o saber para empregá-las.

Também dispomos de decisões que vão até a parede fria do excesso, que, de vez de enquanto, na Vida de um Jovem, impede que, a moderação de muitos, torne-se à mordaça de um...

Esta que sufoca a Voz dos ensinamentos dos sábios Imortais...

Ao termino de minha apresentação, em uníssono de **Três Palmas** rítmicas, fizeram-se presente por todos.

Em um estado sincero de alegria, colocamo-nos diante de nós mesmos, diante de todos os Tempos da meditação silenciosa, e em nossa condição única de Filhos e Filhas das Estrelas, regozijamo-nos, porque este é o nosso legado eterno.... Somos Filhos da Eternidade.

Eu e a **ORION**, junto com os outros jovens que se apresentaram, partimos para a grande **Festa das Luzes** e nomeamos novas Estrelas que passavam pelo nosso céu.

Momento único em nossas Vidas, dar nome a uma Estrela que será a nossa para sempre. Quase sempre.... Numa eternidade até quando dure.

Isto agora sabemos de fato. Mas mesmo assim, sentimos o tremendo prazer de unirmos o nosso nome ao dela...

Eu e **ORION** nos unimos mais ainda depois destas nominações às nossas respectivas estrelas.

Contemplamos todo aquele espetáculo que se apresentava naquele infinito mar de mistérios e decidimos fortemente que daquelas águas de cima, queríamos beber...

Ao ouvirmos o toque da União, emitida pelas trombetas dos **Misteriosos Arqueiros**, fomos novamente diante dos Antigos.

Recebemos dos Antigos o uniforme dos "**Questionadores**" e assim iniciávamos o nosso Caminhar. Este uniforme tinha signos que expressavam a permissão da sociedade para que questionássemos; mantendo logicamente o devido respeito sempre; toda a verdade que nos era apresentada naquele período de questionamento.

Pelo menos essa era a tremenda teoria, mas, na prática, tinha as suas barreiras já pré-estabelecidas...

Coisas dos Antigos...

CAPÍTULO 031 - **A DECISÃO**

Do Conselho dos Antigos

ORION achega-se a mim, com um agradável sorriso, neste acalanto de amiga, com a sua voz que me fascinava cada vez mais e diz-me de forma velada:

-**ARCÁN**, fomos notificados pelo Conselho dos Antigos, através do **Guardião Real** de que eles decidiram nos tornar "**Coletores**".

Imediatamente nos apresentamos diante do **Guardião Real**, **ORION** e eu.

Ele nos disse que assim estava decidido pelo Conselho dos Antigos; que sejamos **Coletores**.

Dirigimo-nos ao local dos **Coletores**, e o **PRÍNCIPE DA GUARDA** nos deu os nossos respectivos uniformes.

Os nossos uniformes tinham somente um Fecho-ecler diferente dos outros.

Tinha uma forma de **Gota de Luz**, os dois fechos-ecler, no meu uniforme e no dela eram assim, somente que o dela era de um vermelho azulado e o meu era de um azul violeta, tão suave que me lembravam os olhos dela. (Algo de novo está acontecendo em mim)...

Eu e a **ORION**; ganhamos cada um, um exemplar do **Livro das Ponderações**.

O lemos como quem tivesse a vontade de terminar tudo bem rápido, não sei bem por que, mas assim foi.

Uma lida e tivemos visões, pensamentos, sensações outras, tudo parecia que se encaixava e ao mesmo Tempo, nos perdíamos...

Estávamos com sentimentos e sensações outras...

Então, para colocar ordem naquela bagunça organizada, eu disse a **ORION**: - Eleja uma "estória" deste Livro e eu escolherei a minha e depois vamos mostrá-la um para o outro e discutiremos as nossas Ponderações a respeito. Que tal?

Ela assentiu com um maravilhoso sorriso que eu nunca tinha percebido antes...

Linda!...

Cada qual se retirou um pouco mais a parte, ficamos assim por algum Tempo, aquietando-nos, dando-nos Tempo para Ponderar e de pronto, nós nos procuramos, olhamo-nos e estando os dois com aquele brilho em nossos olhos, com o brilho fascinante que nos fazia diferentes e tão iguais.

Notamos neste momento que os nossos olhos tinham mais acentuados os tons de violeta...

Foi tremendo!

Cada qual mostrou a sua estória e que surpresa... Era a mesma!

Elegemos a estória da **Indagação dos Humanos**, foi sensacional...

A Indagação começa assim.... Uma Filha pergunta ao Pai: - Quem é mais velho, o Sol ou a Lua?

Nós compreendíamos pelas cartas estrelares que o Sol era, antes da revelação da ciência universal, o centro do sistema e a Lua era um satélite sem Luz própria que orbitava próximo da Terra dos Humanos.

Esta não era a verdade dos fatos, mas bem, retomamos a Indagação...

O Pai Ponderou...

Bem sabemos que o Sol é o centro deste sistema e a Lua é um satélite.

Como o Sol é maior e tudo gira ao redor dele, porque ele tem a massa maior e o campo gravitacional é mais poderoso; portanto, penso eu, que a probabilidade de o Sol ser mais velho do que é a Lua é bem maior...

O Pai preparou um olhar, fixo-o nos olhos da Filha, que esperava a resposta passivamente alegre; e disse a ela, quase que taxativamente:

- O mais velho, provavelmente é o Sol!

A filha fixou o seu olhar de triunfo nos olhos do Pai e lhe disse com todo o sorriso: - Não papai, o Sol não é mais velho. Mais velha é a Lua! Declara feliz e com uma tremenda gargalhada de realizações...O Pai não se conteve e perguntou-lhe: - Com base no que você tem esta resposta?

A Filha lhe sorriu com aquele ar de Palavra Final e lhe disse: - A Lua é mais velha, porque ela pode sair à noite e o Sol somente de dia....

Eles sorriram muito...

Sim! Este **livro de Ponderações** é fantástico, faz-nos realmente pensar.

Ponderando e identificando estes elementos celestiais e toda a temática aqui apresentada em relação àquela constelação e tudo o mais; compreendemos até a dinâmica da fala da Filha com o Pai.

Sabemos que a Filha reconhece no Pai a sapiência e o prazer que o Pai tem em Ponderar com elementos científicos.

A Filha, tem a redescoberta de outros olhares sobre a mesma questão.

É um tanto desconcertante e alegre ao mesmo Tempo. Mas, neste Agora; nós dois compreendendo que a questão que determinou o aceite que a Lua era realmente mais velha que o Sol, era porque ela podia sair à noite.... Não tinha nenhum contexto de base científica, o que era então...

Vejamos as Reflexões para esta Ponderação:

- Eles não estavam falando com base científica, isto estava

claro; pois, nos livros secretos na Biblioteca dos Imortais está registrado que a lua foi levada para ser a Sentinela da Terra de muitos mundos, de muitos povos, por tanto, ela, a Lua, era mais nova.

Ela foi trazida na presença do sol.

O Sol e a Terra já existiam, quando a Lua chegou.

A questão aqui está em algo que não conhecíamos muito, que era o por que se fazia necessário ser mais velho para sair à noite, ou seja, no período de pouca luz?

Pareceu-nos que era relativamente importante, ter-se Autorização (De alguma Autoridade) para poder sair à noite.

Ponderamos que poderia ser uma espécie de confirmação depois de passar pelo Conselho dos Antigos; ou algo semelhante. Mas, o que nos deixou pensativos foi, porque somente uma pessoa autorizada, poderia sair à noite?

O que tinha naquele período, na noite; que os daquele Planeta Terra de muitos mundos, de muitos povos, não podiam disfrutar do período de pouca luz...

Ponderamos muito sobre isto, mas não conseguimos saber o motivo... pensamos em perguntar para o Orientador **ERA**.

Por conseguinte, eu e **ORION** como aprendizes de "**Coletores**" tínhamos dias intercalados de "folga" para testarmos os novos conhecimentos adquiridos e pesquisar o que quiséssemos. Desta forma, tínhamos, quase que tranquilo, o privilégio de nós perdermos dos demais e irmos para a montanha do Céu e entrar à procura do Orientador **ERA**.

Nem sempre conseguíamos, alguma coisa nos parava pelo caminho, éramos em outras ocasiões convidados a debatermos alguns pontos de vistas, etc., mas naquele dia, bem de manhãzinha, conseguimos...

Fomos direto para conversar com o Orientador **ERA**.

De fato, ao lhe acionarmos, de pronto relatamos tudo o que

tinha acontecido no dia de nossas Apresentações diante do Conselho dos Antigos e o que tínhamos elegido (os dois) para lermos no **Livro das Ponderações**, e tudo mais...

ERA parecia que estava recordando e um tanto admirado pelos nossos relatos, mas enfim, de pronto lhe perguntamos...

O que tinha de particular na noite?

Dissemos que naquela estória, dava-nos a conotação de ter que ter a permissão para tal...

Havia algo, começou o Orientador ERA.... Na noite, agiam alguns, de forma não muito conveniente. Ele continuou: - Sei que no Mundo de vocês não há está questão, mas no Mundo antigo dos Humanos, sim! Havia e lamentavelmente era normal em muitos locais naquele Planeta Terra, principalmente no mundo dos humanos. Isto foi se tornando necessário por pura proteção.... Tinha-se que exigir a qualificação de responsabilidade, antes de dar a liberação...

Saibam de um paralelo a este, nos escritos de livros para adolescentes, em uma passagem de uma estória que ocorria na Terra distante, que era:

- Quando os Pais ensinam, os filhos e filhas devem aprender deles, porque a Vida que existia na Terra não ensinava com o mesmo amor que ensinam em nosso mundo, conforme a nossa cultura.

Eu e **ORION**, estávamos inquietos, não tínhamos nenhum referencial para poder ponderar, não tínhamos nem um paralelo e nem comparação com tudo isto que nos foi falado até o momento. Estávamos perdidos, questionávamo-nos se éramos ingênuos ou faltos de ponderação...

O que havia na noite deles? ...

O que havia que deveria exigir para dar-lhes qualificação de responsabilidade? ...

O Orientador **ERA** nos deu algo mais para ponderarmos... Ele nos disse: - Que na Vida não se pode ficar esperando algo mudar, você mesmo tem que propiciar a mudar... E que não existe destino, apenas Passos que Decidimos dar neste Caminho que chamamos de VIDA. O destino é outro nome para a Existência.

O nosso amigo **ERA**, era um tanto filosófico...
(Rimos contidamente...)

ERA continuou: - Alguns foram bem-sucedidos, outros nem tanto; mas, o que importa são os passos que nos define integralmente como Seres Viventes, num planeta ou em qualquer lugar do Universo; de sermos realmente felizes.

E terminou nos dizendo: - Porque ninguém vai dormir os vossos sonhos...

CAPÍTULO 032 – **A REVELAÇÃO DO ESQUECIDO**

Os olhos de **ORION** neste momento se orvalhavam de tanto amor, e eu estava confuso com tudo aquilo, mas sabia, não sei como, de que algo estranho e desconfortável tinha ali, eu sabia por intuição...

Por não ficar sem a resposta, pedi ao **ERA** que nos mostrasse em imagens por que uma pessoa tinha que ser mais velha para poder sair à noite.

Que coisa dolorosa, ele nos mostrou. Imagens com sons irreconhecíveis...

ERA nos explicou os passos desconexos e atitudes inimagináveis e inaceitáveis daqueles humanos...

Não tínhamos referenciais em nossa cultura, em nossa existência, para saber daquilo e acabamos aprendemos uma palavra que não conhecíamos no Vocabulário do Universo...

A palavra era: - "Horrível".

O Orientador **ERA** a repetiu algumas vezes e depois nos fez entender o seu significado.

Bem, decidi reorganizar a harmonia e pedi para o **ERA** mostrar-nos os comportamentos mais harmoniosos dos humanos...

Foi um desconcerto total, eles eram ligados muito a se desarmonizarem com frequência, se prevaleciam de escolhas, em base a questões de sentimentos e sensações, era uma confusão...

Aprisionavam-se em ideias e ideias alheios...

Quando eu ia perguntar sobre as Incumbências que os humanos tinham em relação a Todos, e a Lei da Unicidade... Um alarme tocou e o Orientador **ERA** fez-nos seguir umas Luzes piscastes até uma antessala; como aquela que existia ao entrar na **Biblioteca dos Imortais**; uma sala de espera... E ele, o **ERA**, conhecia os atalhos...

ERA reapareceu (ele era um holograma que andava...) e nos fez sentar em um móvel confortável e apresentou o esquema da Nave; daquela Nave, de nosso Mundo, que fomos conhecendo e sabendo que não era bem assim, somente o "Nosso Mundo".

Ali existia algo mais.... Muitos Mundos, muitos povos...

Estávamos lidando com informações desconcertantes em relação aos humanos e agora algo surpreendente nos acabava de ser revelado. Nave... Mundos... Povos...

Eu e **ORION** estávamos cada vez mais nos perdendo de tantas realidades expostas...

O **ERA** percebendo tudo isso, decide mostrar-nos algo mais esclarecedor e racional.

Vimos os esquemas gerais da Nave, depois as suas divisões externas, e algo nos chamou a atenção, identificamos o "nosso Mundo" em um espaço, mas, percebemos que tinha mais dois espaços diferentes do "Nosso Mundo" ... e antes de prosseguir àquela narrativa multimídia, o nosso Orientador **ERA**, fez uma pausa e nos disse:

- Agora, vocês estão prontos para poderem "**Saírem à noite**" ... e mostrou-nos às partes internas da Nave. Um vislumbre maravilhoso, um susto, um sentimento de plena inquietude, com todas aquelas descobertas.

Realmente era muito difícil perceber toda a dimensão daquelas verdades, mas sabíamos agora que o nosso Mundo estava suspenso, navegando pelo espaço, estávamos numa **Nave Intergalácticas de Colonos**.

Uau! Que coisa mais fantástica! Parecera-nos que estávamos dentro de um dos jogos cibernéticos para jovens adultos...

Estávamos em um veículo espacial...

Eu e **ORION** começamos a rir-nos tanto que parecera que estávamos em choque, ou algo parecido....

Se bem que não estava longe da verdade naquele momento, aquele aparente estado de choque...

Ficamos sabendo que somos de **Um Mundo**, diferente do Mundo dos humanos e também, dos outros povos de outros Mundos que havia naquela Nave. Na verdade, houve naquela Nave-mãe, cinco Mundos diferentes, tanto em espaço físico, quanto de "Tripulantes" e destes, os seus descendentes...

Foi assim constituída no início, para depois ampliar-se em tamanho e em povos, pois alguns mundos tinham muitos povos e Os Tripulantes eram os Originários **Filhos das Estrelas**.

No decorrer dos tempos, em nossa viagem espacial, muitos povos, ficaram em outros planetas quando aconteceu o primeiro acidente.

Sim! Tivemos dois acidentes nesta nave, os quais, em seus acontecimentos, foram dinamizando os processos de colonização quando se encontravam planetas que já se podia habitar ou que necessitava de pequenos implementos para tal... A ciência existente permitia estas adequações.

Também ficamos sabendo que alguns indivíduos estão adormecidos nas cápsulas de Tempo. Mas que somente poderão ser despertados quando chegarmos ao nosso destino que é o PLANETA GIGANTE, somente lá.

O mais curioso de todos estes relatos a nós, naquele momento, foi que houve resgates de indivíduos de outros mundos externos (Planetas prestes a entrarem em um estado caótico) que vieram para a nave, para que sua espécie continuasse.

Pois, honrar a Vida é compartilhar existência este é o princípio que permeia todas as normas por todo o universo.

Foi-nos dito também que O "Nosso Mundo" tem o nome de "**Arkandye**".

O nome de nosso mundo era conhecido por nós, em nosso idioma como "Conector de estrelas" e **Arkandye** era um nome que estava registrado nos livros dos Antigos e não sabíamos bem o significado; a não ser, os Antigos...

O significado de **Arkandye** é: - Àqueles que Guardam os Segredos das Estrelas. (Arkan Dy E).

ORION ficou em êxtase ao saber que o meu nome **ARCÁN** tinha o significado de "Senhor dos Segredos" e que derivava do nome do nosso Mundo; e eu me inclinava a pensar que o nome de **ORION** desvendava todos os segredos do universo em meu coração... (Algo acontecia em mim, em nós, que não nos precatávamos de todo).

CAPÍTULO 033 - **OS MUNDOS**

O nosso mundo está situado em um lugar quase que isolado desta Nave-mãe e ao mesmo tempo, não tão distante do corredor central da mesma. Compreendemos de imediato que vivíamos isolados, sem saber (a maioria dos povos, nestes outros mundos também não sabem) que existem outros Mundos, outros povos e que estamos todos nesta viagem pelas Estrelas.

Outra informação muito relevante e que o Mundo dos Humanos, que representavam o berçário para muitos Mundos, teve o seu espaço assegurado nesta incubadora biocibernética de mundos.

Foi deste "Mundo Humano" que se recuperou muitos Coletores (Imortais) e suas famílias humanas (mortais), mas, todos foram harmonizados com as suas descendências de ADN original.

Alguns destes Coletores e suas famílias, no "Grande Acidente", ocuparam um planeta quase desabitado, juntamente com os Filhos das Estrelas e outros povos, Mestres de outros Mundos.

Estávamos com as nossas mentes a mil por hora; e ao mesmo tempo que ficávamos sabendo de mundos, povos e descendentes, ficávamos sabendo de "ausentes"...

Era muita informação que a racionalidade não podia dar conta sozinha...

As nossas percepções, sensações e sentimento vinham a galope para nos socorrer destes tantos saberes...

A informação que ao mesmo tempo era a mais estranha naquela narrativa e também a mais compreensiva foi que **O Mundo TRINO**, que eram os descendentes de três mundos distintos que formavam a Tríplice-Aliança, que originou o esboço da Lei da Unicidade; e eram muito diferentes um do outro, eles eram compostos assim:

- O primeiro era um povo guerreiro,

- O segundo era altamente científico e,

- O terceiro era grandemente filosófico, e que tinham sutis divisões entre eles mesmos.

Estes **Trinos** continuam no "Mundo Maior", viajando conosco pelas Estrelas. Mas, alguns deles foram ajudar os que se iam ao momento das colonizações de alguns planetas com outros povos já existentes.

Estes que estão aqui na Nave-mãe sabem um pouco mais do que nós, mas não sabem tudo e nem todos sabem de tudo ou de quase um pouco desta Verdade..., mas, o **ERA** também nos disse que toda a verdade se completará na medida de nossa caminhada...

Seguindo com a informação, o **ERA** nos disse sobre O Mundo dos **Estrelares**.

Estes são os descendentes das **Sete Galáxias**, cada galáxia tem Cinquenta e Três Mundos representados, portanto, são os Mundos representados ali de Trezentos e Setenta e Um, estes com suas culturas diversas e formas de governo que se uniram, formando **A Unificação Estrelares**.

Cada Mundo dos Trezentos e Setenta e Um, são representados por sete famílias, totalizando Duas Mil, Quinhentas e Noventa e Sete Famílias.

Sendo que as Famílias Originais eram em média compostas por Cinco indivíduos.

Dois Adultos (Home e Mulher) que formavam o Casal Procriador, mais três descendentes, variando entre duas mulheres e um homem e outros em dois homens e uma mulher, então perfaziam doze mil, novecentas e oitenta e cinco pessoas, e mais os indivíduos de outros mundos, de outros povos e os que se somaram a esta tremenda viagem...

Com o passar dos Tempos ficamos em um número excedente e começou-se a diminuir voluntariamente o número de procriação dos descendentes, isto depois da Criação do **Conselho dos Quarenta e Nove Sábios Imortais**, que representavam os Senhores das Famílias Originais.

Estes são conhecidos por todos como **As Quatro Esplanadas de Governos**. Este nome veio de uma palavra do **livro das Galáxias**, que descreve o Grande Jardim plano, onde os originais viviam e de onde estes Quadros governos reinavam.

Os nomes destes governos na linguagem dos povos de Asas são:

- O Governo da **Vida**;
- O Governo do **Conhecimento**;
- O Governo **Temporal** e,
- O Governo **Imortal**.

Destas Leis de Governo, se concebeu e consolidou-se finalmente a **Lei da Unicidade** que hoje está presente em todos os Povos conhecidos que sabem um dos outros. E os povos que não sabem, estão sob a nuvem da dormência do saber, mas têm princípios básicos desta Lei em suas constituições reais.

Este Mundo dos **Estrelares** está composto por vários Mundos pequenos que estão interligados e que são habitados por cada representante de cada uma das Sete Famílias originais e seus descendentes, que são as Famílias Reais.

São cinquenta Mundos interligados aos Três mundos maiores, Estes Três mundos principais são conhecidos em seus respectivos idiomas como, os Três Mundos das Três Direções:

- O Mundo da Concepção (**Central**);

- O Mundo Racional (**Direita**) e,

- O Mundo Espiritual (**Esquerda**).

E todos os indivíduos são Súditos destes Três Reinos Unificados; e sabem todos, o idioma dos Imortais, nominado neste idioma estes mundos como **O Reino da Unicidade**.

Temos assim, viajando conosco pelas estrelas estes Mundos: - O Meu Mundo **Arkandye**,
- O Mundo **TRINO**,
- O Mundo dos **ESTRELARES**.

Os **Mundos Fraternos**, estes foram criados conforme a necessidade de resguardar a Vida e de compartilhar existência.

Também contamos logicamente com a presença dos **Filhos das Estrelas** (que são compostos – neste caso especifico; por representantes descendentes de outros Mundos que não estes que estão aqui). Sim! Não estamos sós. Nunca o estivemos.

Um dos ensinamentos que está presente em todos os mundos, povos, culturas, por todo o universo e presente nesta Nave-mãe é: - A sabedoria é uma linha reta, onde a Verdade é continuadamente plana, mas revelada nos contornos de um círculo.

Neste momento, eu e **ORION** estávamos um tanto confusos e ao mesmo tempo eufóricos, pois percebíamos os elos de ligação das culturas destes mundos, povos, à nossa realidade até então vivida.

Estando nós, com as expectativas a flor da pele, ansiosos para o deslindar dos tempos...

O **ERA** começou a ensinar-nos os princípios da Lei da Unicidade e com isso, tudo ficou mais fácil de entender e de conviver com estas realidades tão diferentes, aparentemente.

Em resumo: - O indivíduo, as Uniões do indivíduo com o Todo, sem perder a sua unidade, era algo Simples assim de viver em sua plenitude de existir.... Entendes? ...

O tempo passou... Depois de Tempos de aprendizado com o Orientador **ERA** e em paralelo com os Antigos em nossos preparativos para findarmos como **Coletores**; nós conseguimos entender as entrelinhas dos Antigos e a Verdade escancarada dos Construtores da ARCA-NAVE.

Assim a nave era chamada por **ERA**: - **A Arca**. Mas, na medida em que o Tempo passava e os conhecimentos se tornavam familiares para nós, iniciava-se um grande conflito em nosso interior como indivíduos e em quando a Lei da Unicidade.

Até que ponto nós poderíamos continuar guardando tudo aquilo? Já nos confundíamos, era-se um segredo ou um princípio reservado, e perguntávamo-nos se deveríamos divulgá-lo? E, para quem?

Por que?

Com que propósito? ...

Enfim, tudo era proposto e nada realizado, pois estávamos somente coletando as informações e o princípio era este, de não interferência e de respeitar neste caminhar, todos os dez tratados existentes, específicos a abrangência da não interferência.

De repente ficamos sabendo que eram Trinta e Cinco Tratados e não somente os que conhecíamos até então...

Neste momento eu e **ORION** agarramos naquilo que nos era caro, que eram os princípios que regiam as nossas almas e que alimentavam os nossos espíritos e fortaleciam os nossos corpos; que era o respeito incondicional ao ofício de vida e de existência.

Percebemos até então que tínhamos às mesmas responsabilidades oriundas da mesma Autoridade original. Este detalhe nos acalmava!

Agora temos as mesmas informações referentes aos **Trinta e Cinco tratados**, alguns destes já os conhecemos melhor e outros sabemos de seus conceitos principais, mas, o mais importante é que sabemos e compreendemos a Lei da Unicidade e lemos outros Livros de outros Povos que nos firmam nestes conceitos sedimentados e recém-aprendidos.

Agora conhecemos mais a fundo os passos dos Filhos das Estrelas. Conhecemos os nossos próprios passos, pois Somos Filhos da Eternidade e estamos caminhando com os nossos próprios passos neste Caminho das Rotas das Estrelas.

Ao conhecermos os detalhes de cada Tratado, libertamonos mais e mais de nós mesmos e lançamo-nos à viagem da Exploração e das Coletas de dados de todos os mistérios do universo.

Analisamos e Conceituamos para formar para cada um de nós e como um todo, Considerações de Vida que possamos compartilhar com todos daquela Nave, com todos de todos os Mundos, se assim, um dia, quando nos fora permitido conhecê-los...

Todavia nos falta saber como estamos realmente viajando; se estamos percorrendo o caminho idealizado e ainda, se estamos realmente indo aonde se imaginou que chegaríamos.

Será que os que sabem dos segredos da ARCA sabem de tudo isto completamente? ... Decidimos com a Serenidade presente em nosso Ser de continuamos a caminhar nestes descobrimentos de segredos que a muito são realidade de poucos...

Somos àqueles que não somente leem os livros, mas o entendemos e formamos deste saber a ampliação de uma realidade factual.

CAPÍTULO 034 - **ENTENDENDO OS LIVROS**

A ORION ficou maravilhada em saber de tantos indivíduos e de tantos Mundos.

Eu... bem... eu fiquei um tanto preocupado, se os Antigos mantinham alguns segredos e outros representantes de outros Povos paralelamente faziam o mesmo, fiquei pensando se para eles seria suportável abrir mão do mistério e compartilhar a Verdade e acima de tudo, se estes estariam preparados quando deparassem com a Verdade absoluta, entre eles mesmos e com todos os habitantes da ARCA.

O que realmente aconteceria?!...

Creio que, para a maioria provocaria um tremendo desconforto interior...

Seria um "Abrir Mão" de uma história que une um Mundo, para participar de uma história que é eternamente construída na União de vários Mundos... e perderiam o poder que a estória lhes outorgava...

Neste momento, em meio aos meus pensamentos, o olhar de **ORION** raptou os meus.... Abduziram-me em sua beleza...

Fui levado à sua linha de horizonte; pois, ela estava vendo algo a mais, algo que eu ainda não tinha captado...

Senti algo de alerta e pensei: - Cuidado com as suas decisões, o preço pago por elas pode ser alto demais.

Recordei de um texto do **Livro do Povo Trino**, que até então pensei que era uma estória criada, de um povo inventado, que servia somente para fortalecer os nossos valores, mas agora sei que, tudo era real, tudo é real: - "Ouvi dizer que somente é triste quem queira estar, pois, ser feliz é o que é puramente Original".

Agora sim, compreendo toda a frase, sei dos tons de todos os significados e passa-me na alma, algo que sei que irei viver, mesmo não estando muito disposto a tudo isto.... Adiante e, galante...

Este era o que os jovens homens bradavam no decorrer no momento do aprendizado na Corte, por ocasião das Festas da Apresentação.

Lembrei-me deste brado, somente isto...

CAPÍTULO 035 - **INCUMBÊNCIAS**

Tratado Onze

Construindo a nossa história eternal, eu e **ORION** estávamos trilhando caminhos que nunca imaginamos existir.

Era uma aventura e ao mesmo tempo, tinha um tempero de temor...

Assim são os passos nas aventuras no Caminho da Verdade.

Sabíamos que através de nossas ações os Mundos iriam reagir a nós, guardando a harmonia ou se desarmonizando...

Sabíamos que havia níveis de entendimento, que alguns eram cegos para as coisas que a sensibilidade poderia revelar.

Obviamente não estávamos preparados para outras respostas a não ser para aquelas que acreditávamos estarem direcionadas para a realidade de um Todo.

Mas, em nosso íntimo sabíamos que não mais existiria a imunidade diante de atos de revelação de tudo aquilo. Já não éramos os mesmos.

Já trazíamos em nossos sorrisos largos, um movimento de preocupação com O Silêncio...

Com aquele Silêncio que não se é para preocupar-se! E neste silêncio gritante, meio que esperávamos tornar-nos o fim de algo e o início de tudo, mas as incertezas vinham banhadas de sentimentos, sensações e de formas de raciocínio que, eram-nos muito estranhos em nossa simplicidade de Vida.

Tínhamo-nos como Povo em nosso Mundo, esforçando-nos em outrora, tanto, tanto para mantermos a harmonia com tudo que conhecíamos e realizávamos, e tudo agora que nos diz de diferente a tudo aquilo, causa-nos certa apreensão...

Em meio a estas nossas divagações, o nosso Orientador **ERA** chamou-nos e disse-nos para irmos por um caminho até chegarmos a uma espécie de biblioteca, uma pequena biblioteca...

Assim fomos, meio que levados pela inércia de nossos pensamentos...

Chegamos a esta biblioteca, pequena biblioteca, e nela tinha um Livro, entre outros, que se destacava no Centro da Sala, era o **Livro dos Mandatos...**

Este **Livro dos Mandatos** era a reunião de **Códigos de Ética e de Conduta Moral** entre os seres, sempre salientando o que tinha dado certo e em palavras de tamanhos menores e com símbolos de escritas estranhas.

Ficamos sabendo que continha neste Livro outros relatos do que não havia dado certo, em uma escrita de códigos; e também algumas notas de advertências, que não era muito usual que se registrara em qualquer Livro dos Povos.

Depois de lermos os destaques, íamos começar a buscar elementos para decifrar os textos de Letras pequenas, mas, o nosso Orientador **ERA**, chamou-nos dizendo que não era o momento, e que, por tanto, deveríamos ter em nossas mentes somente o que deu certo.

Já não havia mais tempo para aprender a não errar.... De agora em diante somente tínhamos o direito de decidir pelo certo, para cada indivíduo e para o Todo.

Pensamos que... Com o Tempo se aprende... e como já estávamos com sono, deveríamos voltar rapidamente para o nosso Mundo.

A nossa preocupação aumentava, pois, este cansaço aparente já estava causando certo desconforto para alguns que nos observavam.

Estes estavam começando a seguir-nos com seus olhares e isto poderia chamar a atenção dos Antigos para nós, e isto era tudo o que não queríamos naquele momento.

A outra preocupação nossa era se teríamos forças para exercer o Silêncio de tudo e a capacidade para deixar que o Silêncio revelasse tudo...

Regressamos a Arkandye.

Descansamos...

CAPÍTULO 036 - **UM MUNDO - UM REINADO**

Depois de dois dias de Luz, eu e **ORION** retornamos a reencontrarmo-nos com **ERA**, o nosso Orientador da NAVE-**ARCA**.

Desta vez, algo aconteceu extraordinariamente diferente, fomos orientados por **ERA** para seguirmos um caminho e este nos levou a uma antessala de um Mundo. Que momento único!...

Estávamos ali, vendo, contemplando e quase tocando a nova realidade da verdade que estávamos vislumbrando.

Aquele "Mundo" fazia parte do **Reino da Unicidade** e eles eram conhecidos como os **Pacíficos**...

Que maravilha, o nosso primeiro Mundo novo e o Nosso primeiro Reino antigo...

Sensacional !!

Nesta antessala nos foi permitido ver e ouvir alguma coisa da história deste Mundo, compreender o Reino, Cultura e de seu modo de viver e de suas formas de relacionamentos...

A Ética e os códigos Morais deste povo nos foi apresentado e eram sublimes...

Seu existir era Pacífico!

Adormecemos ali mesmo...

Ao despertar-me, dei uma olhada em **ORION**; ela estava mais bonita do que nunca, sua suavidade era algo que me encantava. Ela ainda dormia quase se despertando, mas eu tinha que providência algo para a nossa manhã...

Então, de ímpeto, fui até o corredor da antessala e acionei o holograma do nosso Orientador **ERA**. Ele apareceu com um sorriso e ao saudar-me, disse-me que o futuro nos esperava já com ar de presente...

Eu iniciei a minha conversa com ele, de forma acelerada,

dizendo-lhe que tínhamos que nos banhar, higienizar, comer, etc.

Ele me interrompeu e disse-me que tudo já estava providenciado e que eu e **ORION** éramos esperados pelos descendentes de uma Família amiga, **Os Orientadores dos Pacíficos**... e que o nome daquele casal era **KAENNON** e **LÍPURAN**.

Eles são um casal jovem que sabia dos segredos além dos que os de seus Conselhos e Orientadores sabiam, e que iriam nos receber como viajantes dos Mundos daquele Reino.

Para tal, receberíamos abrigos e roupas adequadas e todas as nossas necessidades seriam supridas e receberíamos também o aprendizado de conduta dos súditos daquele Reino.

O **ERA** falou-me com uma Voz Solene que antes de tudo, deveríamos decidir se queríamos continuar ou não, pois esta decisão levaria no mínimo três dias de convívio e um Tempo a mais para voltarmos ao nosso Mundo.

Isto iria mudar muito as coisas em nosso convívio em Arkandye...

Portanto, mudaria a nossa vida e a forma de nossos relacionamentos...

Com todas àquelas informações pulsando em meu cérebro e intensificando o pulsar de meu coração, dirigi-me loucamente ao encontro de **ORION**.

Ao retornar vi **ORION** desperta, cumprimentei-a e comecei a contar tudo aquilo que foi me falado por **ERA** e olhamo-nos e abraçamo-nos, pois já sabíamos que não mais teria volta à inocência dos fatos e feitos.

Sentíamos o sopro da Vida em nossas existências. Agora sabíamos que as nossas boas ações também bloqueariam as ações más, tanto as nossas (que nem sabíamos que tínhamos) e dos outros a nós – (mas, ao mesmo tempo, um tremendo susto supor que alguém se portaria mau conosco).

Porque estando nós tão ocupados em amar, não nos distraíamos com o que, todavia, não o sabíamos. Não sabíamos o que era desamor...

Sabíamos que a nossa decisão seria – SIM! E que tínhamos que encontrar o mensageiro para receber a mensagem. Conversamos mais e buscamos o **ERA**...

Sentíamos agora que a mensagem recebida nas entrelinhas dos Povos, dizia-nos que havíamos ganhado um perdão; não por que deixaríamos o nosso Povo, mas, por termos ficado Tempo demais ali, naquele "mundo"

Tudo parecia muito significativo quando analisamos a situação com o conteúdo deste Tratado do Mandato.

Esta era a nossa incumbência... de que vivamos intensamente, que sintamos a felicidade nos acompanhar, dizendo-nos adeus às coisas adormecidas em nossos corações, e indo a lugares de onde não estivemos ainda.

Que ouçamos os sons que O Silêncio nos traz; e que nunca, nunca nos esqueçamos de que a velocidade do existir muda, muda muito, conforte os passos que avançam em nosso caminhar.

Em cada passo que dávamos ao encontro do **ERA**, nossos pensamentos se multiplicavam...

Pensei por um momento que já não teria no Dia de Descanso, os passeios ao iniciar a noite, com **ORION**, contornando os caminhos das **Ruas de Água**...

Estas águas davam ao perfume corporal de Orion um toque todo especial e de inigualável... (deixe para lá) ...

Percebia que **ORION** já estava pronta para Caminhar em Par; e eu creio, sinceramente, que eu também...

Agora sinto que ao mesmo Tempo em que será um encontro, também significa uma partida, mas agora em companhia eterna.

Creio que estamos ficando realmente jovens adultos.

Tudo que esperávamos viver no tão distante, agora estava

tão próximo.

Eu necessitava ver tudo aquilo que nos era apresentado como "Mundo-ARCA", para podermos conceber tudo o que deixaríamos para trás... e também de rever o "nosso mundo", porque foi lá que nascemos e vivemos e queríamos continuar lá por todos os Tempos.

Antes de acionarmos o **ERA**, decidimos que se houvesse uma mudança, que os passos desta mudança se iniciassem lá, no nosso mundo, onde nascemos e crescemos, onde os segredos nos tocaram...

Conversei muito com os olhares de **ORION** e os meus olhos que já não se aquietavam em Silêncio de alma, levou-nos até a União dos nossos corações e o cerne de tudo.

Percebíamos a verdade de que o Livro fica cada vez mais grosso por ter sido lido.... Este fato se dá pelo acumulo da poeira do aprendizado que cobre o Caminho percorrido. Precisávamos de novos passos...

Adquirimos experiências de Vida...

Em cada aprendizado, deixávamos nas páginas lidas, as nossas sensações, percepções e quereres e quando foleávamos novamente aquelas páginas depois de Tempos, descobríamos fazendo parte daqueles mesmos relatos impressos em letras de futuro.

Éramos um com o Todo, em cada palavra, frase, capítulo, enfim, o Livro de nossas vidas está repleto de mistérios de existências...

Sabíamos, eu e ela, que tínhamos a Verdade camuflada em nossos olhares. Mas, a Verdade não evoluiria cerrada entre a capa e a contracapa dos Livros de nossas existências...

A não ser que A Verdade seja lida; vivida e principalmente, compartilhada.

Agora o nosso Mandato é de Gratidão, em Palavras e Atitudes.

A nossa incumbência e de queremos a nós, por toda a eternidade.

Abraçamo-nos como nunca...

Acionamos o **ERA**, e na medida do surgimento do **ERA** diante de nós, tínhamos a certeza de Autorização dada por uma pessoa que não existia ali conosco, O **ERA**, que era um holograma de um ausente.... Tão presente! E pensávamos...

Se vamos ter rugas do Tempo em nossos rostos, que sejam de Tempos de tanto rirmos de nós mesmo e com os outros.
Desta loucura imensurável que a felicidade traga as marcas de nosso coração ao rosto. Sorrimos...

Decidíamos decifrar juntos todos os mistérios que unem os nossos corações e a vida neste tremendo universo. Que a nossa espiritualidade se faça par....

Sabíamos que tínhamos muito a aprender...
Perder o antigo, talvez até a convivência com os Antigos..., mas nos perguntávamos, de forma sigilosa à nossa alma... O que era tudo aquilo e para que nos serviria conhecimento limitados...
O Espírito é ilimitado!
Quando **ERA** disse-nos o seu habitual e feliz Bom-dia! ... percebemos que mais alucinado ainda erámos nós, porque agiríamos em seu nome, em uma missão que nos fora delegada por ele, e acima de tudo, éramos nós que a aceitávamos diante de um holograma... Holograma que era ele, o **ERA**.
Muito, muito doido tudo isso! ...

ERA disse-nos que com o aprendizado de nossas funções de Coletores, em nosso mundo, estávamos em pleno exercício de um Ofício que representa à União e a Verdade a todos os Súditos do Universo. Era um mandato imperativo à Vida.

Tínhamos visto outras Luzes, agora deveríamos retornar ao "Nosso Mundo", mas, antes disso, deveríamos conviver com um Povo de outro Mundo...

ORION olhou para mim e sorriu-me largamente, com um gesto tímido, dize-me quase em sussurros enigmáticos: - Que a aventura comece!...

Então, declarei com toda a certeza do meu dever, naquela relação, entre eu e **ORION**.... Iniciemos os nossos passos, desenhando-os pelos caminhos que nos precedem, fazendo um só Caminho, nunca sozinhos, mas, sempre acompanhados sendo um para com o outro.

Decidamos pelo Caminho, percorrêramo-lo lado a lado!

Decidamos a, de forma bem íntima, compartilhar definitivamente nossos passos...

CAPÍTULO 037 - **O REINO UNIFICADO**

ERA levou-nos até uma passagem lateral que nos conduziu até uma cascata e ao lado dela saímos para encontrar **KAENNON** e **LÍPURAN**.

Antes de entrarmos em seu Mundo, tínhamos o conhecimento através do que vimos e ouvimos e as informações comparativas que **ERA** nos deu.

Ficamos sabendo que os indivíduos do nosso Mundo eram mais altos em relação a estes, tínhamos em média três metros quando adultos e os Antigos até três metros e meio.

Entretanto, como éramos Jovens Adultos e ainda não tínhamos procriado, poderíamos passar por alguns dos Povos daquele Reino Unificado.

Quando decidimos nos unir em eternidade e procriar, os nossos corpos cresceriam.

KAENNON abriu os seus braços e abraçou-nos em nossa chegada, de forma forte, mas não indelicada e **LÍPURAN** que era uma Jovem de uma beleza comparada aos Tempos de pouca Luz do Ciclo quente, saudou-nos com um tremendo sorriso e também nos abraçou, com um abraço delicado e quente.

Deram-nos trajes usuais de seu mundo, para que nos vestíssemos adequadamente.

Eu e **ORION** dirigimo-nos à sala ao lado e vestimo-nos.

Que revelações de sentimentos e sensações....

Este casal levou-nos para a sua casa e lá chegando, nós nos higienizamos, trocamos a muda de roupa por outras e comemos.

Depois disso eles nos falaram da alegria de nos receber e perguntaram-nos coisas do nosso Mundo que prontamente falamos. Foi uma alegria única!

No almoço oferecido, a comida era farta e deliciosa, diferente e ao mesmo tempo familiar.

Falaram-nos que estávamos no dia da Preparação e que amanhã seria o dia de Descanso deles, portanto, eles tinham obrigações a terminar neste dia e que retornariam para levar-nos a alguns locais especiais, mas, antes de nos deixarem livres para caminhar, instruíram-nos em alguns costumes e frases complementando o nosso conhecimento daquele Reino.

Foi toda uma verdadeira aventura. Eu e **ORION** estávamos com faíscas de Luz em nossos olhos, que agora já tinham uma tonalidade mais forte para o lilás, sem perder os pontos azuis claros, dos jovens solteiros.

Como era de costume deles, os Jovens viajantes do Reino Unificado, de outros Mundos, somente poderiam viajar se fossem Pares de Procriação.

Eu e **ORION** "Aparentávamos" em sinais e formas de comportamento conforme os costumes deles, de estarmos nesta condição.

Uma fantasia que chamava à realidade algo que estava latente em nossos corações e não vivíamos de fato e de atos.

Isto foi tão tocante para mim, realmente fitava **ORION** com outros olhos; sei que desde a apresentação dela diante do Conselho dos Antigos, chamou-me a atenção o seu ser para a Procriação, mas como nós éramos muito amigos, eu tinha deixado isto para um futuro um tanto distante...

Acontece que este futuro se fez presente de uma forma Intensa, muito intensa; verdadeira e creio...

Correspondida!

O nosso passeio foi muito revelador, tanto deste externo que se apresentava, quanto ao interno que nos revelava.

Nós nos sentíamos Súditos do Universo e ao mesmo tempo tão individualmente Pares, separados de tudo isto e ao mesmo tempo, UM.

Que maravilha!

Alguns Jovens conversaram conosco mais demoradamente, outros adultos nos orientavam veladamente, e assim continuamos a passear por aquele Mundo, até que nos demos conta de que já deveríamos retornar, pois os relatos de outros Mundos visitados daquele Reino, já estavam ficando difíceis de acompanhar.

Eles conheciam o seu Reino que era unificado com outros Mundos, mas nós não.

KAENNON e **LÍPURAN** retornaram à casa deles no fim do dia de Luz e estavam radiantemente felizes...

LÍPURAN não se continha em si, ela olhou para **ORION** e correu para os seus braços e **ORION** começou a ter lágrimas de felicidade...

Eu olhei para o **KAENNON** e ele começou a recitar algo valioso da cultura do seu Povo, e eu em cada frase comecei a alegrar-me e também a fazer águas em meus olhos...

Sentíamos como que estas águas que se precipitavam nos davam um senso de equilíbrio de nossa existência em Vida.

De Um, de Todos, desta continuidade...

Então de súbito, **KAENNON** proclamou: - A luz da Vida nos tocou, uniu-nos como o fez desde a primeira partida de nossos ancestrais.

Deu-nos a continuidade de todos os prismas de Luz, e uniu **LÍPURAN** a mim de uma forma misteriosa e eterna.

Conclamo a todos os Povos: - Temos a nossa descendência e que agora somos Progenitores de gêmeos perfeitos, com saúde e de sexos diferentes.

Um representante Masculino e, outra representante Feminina.

Nós nos fazemos presente diante da Eternidade.

Que os nossos novos Irmãos do Universo, tenham o mesmo Caminho e se alegrem em uma Vida Procriadora feliz.

Realmente era tudo inesperadamente feliz...

Eu e **ORION** olhamo-nos e juntos começamos a recitar as palavras dos **Caminhos dos Procriadores** de nosso Mundo:

- Que a Luz se faça presente sempre diante dos passos destes descendentes, e que também continue iluminando seus Progenitores. Honremos as raízes, o tronco e as sementes.

Que a felicidade da União e do compartilhar à existência sempre estejam tocando os seus olhares, percepções e afazeres. Estejam eternamente felizes neste núcleo familiar eterno!

Depois desta revelação e participação única, fomos à mesa para o alimento do final do dia de Luz e aprontamo-nos para sairmos e conhecer mais intimamente a cultura daquele povo.

KAENNON e **LÍPURAN** pelo caminho nos falaram de coisas maravilhosas, de ensinamentos que podíamos entender agora, e tudo fazia sentido.

Percebemos que mesmo os ensinamentos sendo diferentes, estes guardavam em si, em suas essências, as mesmas sabedorias dos Antigos e podíamos compartilhá-las através da **Ética das Estrelas** e, os **Códigos das Galáxias**, de uma forma muito familiar de nosso existir.

KAENNON e **LÍPURAN** fizeram questão de nos apresentar a seus familiares e amigos; Povo belíssimo não somente de aparência, mais também de interior.

Paz, sim! Eles são os Súditos da Paz. E neste conhecer, eles nos levaram a um lugar belíssimo que tinha cinco Famílias vivendo e trabalhando lá.

Um núcleo Fraternal.

Eles conheciam muito mais que a maioria dos Povos daquele Reino Unido e falaram abertamente conosco a respeito da **ARCA**.

A **ARCA** que é a varanda do Universo...

Disseram-nos, sem cerimonias, que a **ARCA** deveria ser conduzida pelos Filhos das Estrelas e por outros de outros Povos, o mais urgente possível.

Já há muito tempo a **ARCA** caminhava pelas galáxias e depois do pequeno acidente e a parada para colonizarem outros planetas, a **ARCA** seguiu o seu caminho, mas não estavam mais certo que estavam no rumo que deveriam estar...

Depois do outro acidente, do Grande acidente, não mais viram muitos Filhos das Estrelas caminhando pelo Reino Unificado, e isto trazia preocupação a eles.

Eu e **ORION** dissemos tudo que aviamos escutado dos relatos de **ERA** e dos Livros que lemos de outros Povos e dos conceitos de nossa cultura. Mas, compreendemos realmente que era um tom de urgência, e que deveríamos retornar e colocar estas questões para serem tratadas com mais ímpeto.

Depois de passarmos a noite com estas cinco Famílias, retornamos à casa de nossos anfitriões. Alimentamo-nos novamente, mas de uma forma leve, banhamo-nos e fomos encaminhados ao nosso aposento para dormirmos.

Que estranho! ....

Por mais amigos que éramos; eu e **ORION** nunca tínhamos ficado somente nos dois para dormirmos em um cômodo. Mesmo que de início se fez um pequeno desconforto, sabíamos que era resultado de sentimentos e sensações novas que nós dois tínhamos um pelo outro.

Quando eu pensei que tudo iria se harmonizar naquele momento, o **ERA** apareceu na parede oriental de nossa habitação e falou-nos de muitas coisas e que nos fez ver por dois Tempos e meio, alguns relatos televisivos de outros Povos e seus costumes e depois disto nos falou que no dia de amanhã, começaria o nosso Treinamento sob o **Comando da ARCA**.

...

Neste clima de euforia com o amanhã; com aquilo de Comando da ARCA, treinamento e possibilidades... já não havia mais nada a perscrutar um ao outro, nada mais a ser dito e feito.

Fomos dormir abraçadinhos com a Paz que aquele Povo nos

provocava e sorrimos...

Adormecemos...

No dia de Descanso deles, depois do primeiro alimento, nós saímos bem cedinho e fomos para conhecer outras Famílias que ficavam a três tempos de caminhada, outras sete Famílias que viviam e trabalhavam em um local altamente tecnológico e que tinham a natureza como companhia.

Lá chegando, às sete famílias se reuniram e disseram-nos algumas Verdades surpreendentes e levaram-nos diante de uma montanha belíssima e ao lado da belíssima cascata, encontravam-se dois Jovens à nossa espera.

Sentamos todos ali em círculo e conversamos um pouco e ouvimos os Ensinamentos deles por mais um Tempo e meio.

Eles nos falaram de formas de conhecimento do **Comando da ARCA**.

Os representantes das sete famílias, depois de nos fazerem algumas perguntas relativas ao que estes jovens nos disseram, eles nos permitiram partir com os dois Jovens, que já estavam posicionados ao lado da cascata da montanha naquele momento.

Neste "agora" **KAENNON** e **LÍPURAN** abraçaram-nos e despediram-se, dizendo-nos que esperavam em um dia de nos encontrarmos em um Mundo Unido pela Verdade Real e Universal...

Sigamos os nossos próprios passos!...

CAPÍTULO 038 - ESTES FILHOS
DAS ESTRELAS

Estes jovens que seguíamos, naquele mágico "Agora", eram **QUYNN** e **MIÁKIA**, eram um pouco diferentes do Povo Pacifico.

Sim! Eles eram **Filhos das Estrelas**, descendentes dos **Condutores da ARCA**.

Eles nos fizeram passar por passagens com códigos e símbolos nunca antes vistos por nós e, conduziram-nos ao interior da **ARCA**, mas, desta vez, por um corredor largo, que nos pareceu ser a **Avenida Principal da ARCA**.

Subimos num transporte coletivo e fomos transportados até **A Ponte do Controle da ARCA**.

Estávamos fascinados; havíamos visto em nossa trajetória naquela Avenida, indivíduos outros, passando por ruas que se nos cruzavam, pessoas andando e outros em transportes individuais, outros tantos passando por nós na grande Avenida Principal em seus transportes coletivos...

Ponderamos em voz alta, que a **ARCA** estava com Comando e tudo estava bem, pois todos ali estavam compenetrados e Unidos em seus Ofícios..., mas, **QUYNN** e **MIÁKIA**, disseram-nos, antes mesmos de que as nossas palavras terminarem de sair de nossas bocas que, todos aqueles que nós vimos, em sua maioria, estavam cruzando aqueles caminhos pela primeira vez em suas Vidas, tal como nós.

Havia chegado o dia de Unificar os Povos para que assim assumissem o Controle da **ARCA** e estes Jovens vieram de todos os Mundos da **ARCA** e sob as **Leis do Reino da ARCA** estariam sendo treinados para servir.

Servir nesta imensidão de segredos desvelados, de conquistas fraternas e de compartilhamentos outros.

Definitivamente já sentíamos o nosso crescer espiritual se destacando em nossos olhos, em nosso interior...

Agora a direção do nosso Horizonte era o **Portal da Arca**...

CAPÍTULO 039 - **O PORTAL DA ARCA**

No Primeiro dia de Luz, em cada Mundo, ocorreria uma mudança crucial na Vida de cada um, principalmente para aqueles que estavam naquela Avenida e ruas do interior da **ARCA**.

Estávamos diante do **Portal do Comando da ARCA** e era simplesmente maior que todas as montanhas que conhecíamos e de uma beleza incomparável, tem em alto relevo uns caracteres belíssimos que nos fizeram ficar ali mais do que observando, admirando-os.

Nisto, **QUYNN** como homem e líder daquele Caminho, tocou-nos e sorrindo nos dize que teríamos todo o Tempo do Universo para conhecermos melhor estes símbolos das **Escritas dos Construtores da ARCA**, mas que agora necessitávamos servir a ARCA.

Entreolhamos como crianças que acabavam de conhecer uma Verdade Estrelar.

A palavra "**Construtores**" ainda estava soando em nossos ouvidos e penetrando em nossas mentes felizes, quando **MIÁKIA** sorrindo, disse-nos que deveríamos ter sido preparamos para saber dos "Construtores da **ARCA**", mas já que estávamos ali, tudo seria uma tremenda aventura, e sorriu-nos largamente...

Em seguida, os dois se posicionaram em lados extremos e acionaram alguns símbolos em sequências diferentes e em velocidades diferentes.

Conforme iam executando cada passo nos explicaram que o Portal do Comando da **ARCA** somente poderia ser aberto pelos descendentes dos Filhos das Estrelas e com os Códigos e Sequências de velocidade recebidas pelos descendentes dos Construtores da **ARCA**.

Tudo isto estava contido no ADN deles. Isto se dá através da leitura do ADN de cada um. O ADN dos Filhos das Estrelas abre outras salas e comandos.

A ARCA somente poderia estar em sua totalidade sob o Comando de todos os representantes... Representantes dos descendentes das Duas mil, quinhentas e noventa e sete **Famílias Reais** e mais os descendentes dos **Filhos das Estrelas** e dos descendentes dos **Construtores da ARCA**. Ou seja, em pleno funcionamento através de todos os descendentes representantes, que ainda se encontravam na ARCA.

Desta forma haveria somente **um Reino**, sob a **Ética** e os **Códigos de Conduta da Lei Universal da ARCA**.

O ADN Original dava o compasso de nossos atos...

Cada qual com o seu Código Genético-Espiritual se unindo para o bem comum.

O fator que conduzia a energia deste ADN real, era o RH negativo, princípio dos segredos dos imortais.

Servir é realmente um privilégio emocionante!

CAPÍTULO 040 - **AS VESTES DE LUZ**

Tratado Doze

Neste momento iríamos conhecer o Tratado Doze, que nos iniciaria na Arte do Comando Unificado e que para tal deveríamos colocar as nossas Vestes de Luz.

Éramos os representantes do nosso Mundo e tínhamos Luz própria e um com todos os outros no Comando da ARCA.

Cumpria-se assim a Lei Maior que é a Unicidade na Unidade.

Já havia muito Tempo vivido, que os nossos ancestrais, meu e de ORION decidiram viver assim, sob esta Lei Maior.

O que ilumina a nossa alma é O Espirito da Unicidade na Unidade. Acordamos de um lindo sonho, para uma realidade mais bela ainda. Vestimos as nossas realidades com a certeza do servir.

Caminhos, leveza, doçura, gentileza e outras formas de compartilhar a existência, são realmente fatos a se viver eternamente.

Tínhamos a lealdade ao Caminho, este que contém todos os atalhos da existência e o pó que se move com o Alento da Vida.

Estávamos todos desenhando o nosso dia no transcorrer dos momentos de esperanças compartilhadas.

Tudo nos permitia a eternidade. Tudo!

Víamos um novo horizonte através da vista que a janela do comando nos proporciona, o Espaço de mil formas e desenhos.

Acender a Luz na Vida de um povo, também acende em nossa Vida. Este era o princípio do servir.

Fantástico é não ter todas as respostas e poder fazer milhões de perguntas.

Tínhamos quase todos os segredos revelados, dos descendentes de geração após gerações, daqueles que cuidaram de todos nós, até o presente momento.

Resplandecia a Luz da União.

Éramos maiores que a própria ARCA.

Amamos um passado que ainda não passou em um presente que nos faz continuar caminhando; em um futuro que pede para unificarmos tudo isso, sem sermos sozinhos, somente viver O Agora.

Compartilhávamos naquele momento a Existência é o princípio da Vida. Vida dos Imortais.

Olhei para **ORION** e sabia que ela merecia um novo tom no falar, porque às vezes eu percebia que O Silêncio em nosso Mundo mortificava a sua alma de aprendiz aventureira.

Deixamos o nosso confortável modelo de Vida para estarmos nesta tremenda aventura. Esta aventura que, arregalaram-nos os olhos de nossas almas.

Aprendíamos que receber a essência do saber é fazer aquilo que se está aprendendo, para que, desta forma; todos compartilhem por intensão real de concretização, tudo o que se compreende em sabedoria, isso tudo dá um sentido muito mais vasto do que imaginávamos.

Temos em nossos Espíritos as gargalhadas que revelaram todos estes segredos.

Descobrimos que ser **Súdito do Reino da ARCA** é transformar a sociedade a cada dia para o bem comum.

Que o bem comum nasce na unicidade e transbordasse na Unidade. E que os Livros que foram Escritos pelos Antigos de todos os Mundos, descrevem em paisagens de letras vivas, o Mundo universal. Aquele mundo...

Este Mundo que forma indivíduos, que se preocupa em unificar o servir.

Os livros mudaram os seres do Universo...

Na autoridade de cada letra, na força do poder de cada palavra, comunicaram-se à Vida, e os momentos de existência se tornavam algo mais do que se percebe além dos Tempos e Templos.

Somos imortais, somos **Súditos do Reino da Arca**.

Agora caminhamos verdadeiramente em passos reais.

Podemos apoderarmo-nos de nossas decisões...

Servimos não por submissão, mas por elevação espiritual, pois somos um.

CAPÍTULO 041 - **A APRENDIZAGEM NA ARCA**

Estávamos lendo algumas partes dos Comandos essenciais, e tínhamos que decorá-los, e mais do que isto, tínhamos que compreendê-los, estes e todos os sistemas de sobrevivência e de sobrevida de cada Mundo e outros tantos comandos que manteriam o mínimo previsto para resguardar a vida em funcionamento naqueles mundos.

Depois disto, deveríamos aprender mais e mais, outros comandos mais elevados e complexos.

De repente **ORION** estreitou os olhos para querer ver mais, ela elevou suavemente a sua voz e buscou os meus ouvidos, e de forma sublime, sussurro-me o segredo da verdadeira beleza do universo, ela me disse: - Simplicidade! E águas brotaram de seus olhos...

Ela realmente estava vivendo plenamente a responsabilidade dos "**Operadores da ARCA**".

Cada tarefa era uma preservação à Vida, e uma homenagem simples a existência.

Cada segredo estava assegurado no núcleo familiar destas descendências que são as bases da própria existência e propósito da ARCA.

Um depende do outro para a harmonia de todos. Estando alegre o outro estará sempre!

Gratidão compartilhada!

Foi assim que o meu coração se ligou totalmente ao dela, diante daquele momento.

Eu agora sabia que mesmo quando saiam águas de meus olhos, estas gotas que caíssem, provocarão nas ruas de águas, o transbordar para as árvores de Vida, os segredos de nossas existências.

Que a nossa sempre juventude esteja em nossos Espíritos Unidos. E mesmo quando o Tempo passar e a Vida adulta chegar completamente, seguiremos vivendo a esperança de um novo dia de Luz.

Dormiremos a cada dia com pouca Luz e renasceremos a cada dia de Luz, neste círculo de continuidade da Vida. Desta Eternidade que nos é tão familiar.

Sendo a nossa intimidade preservada, sonhando e realizando todos os momentos felizes...

Com a sabedoria dos antepassados e com as revelações de novas descobertas dos descendentes, construiremos, esta **União dos Povos da ARCA**.

Eu sei que sou uma lasca de uma estrela perdida, que tenho a tênue Luz da compreensão de tudo. Sei que sou parte do que ainda não se vê, sou a visão de muitos que sonharam com esta futura realidade que se faz presente, que é a magia do encontro de muitos...

Nós não somos somente passageiros do Tempo em um espaço equidistante...

Vivemos a competência que é servida na primeira refeição pela manhã.

Somos a excelência que degusta o almoço sussurrando em silêncios misteriosos, e palavras de brotam de nossas almas em redemoinhos de nossas existências no período de alimentação no fim do dia de luz.

Assim nos preparamos para sonhar.

O sonhar é o princípio das realizações.

Felicidades são todos estes momentos.
Podemos agora unificar para existir.
Coexistimos em perfeita paz, sendo os leitores em excelên-

cia e tornando-nos escritores dos tempos, compartilhando o que queremos descrever, imprimindo-os de felicidades nas páginas dos ocultos, com letras se transformando esplendorosamente em palavras inéditas desta criatividade se tornando frases, dando existência aos sentidos de todas as entrelinhas decifradas e compreendidas.

Eu e **ORION** tivemos um aprendizado de emersão, tão forte e marcante, tal qual, os descritos nos poemas antigos sobre os raios e trovões.

O nosso dia foi árduo, e o momento de pouca Luz se aproximava.

Devemos todos, retornarmos para os nossos respectivos Mundos.

Tudo se fará novo, mas, pressinto que nem todos terão a compreensão devida e espero que tenhamos bons caminhos...

Eu não quero ver a **ORION** em silêncios de conteúdo...

Caminhamos por alguns corredores; despedimo-nos de muitos e, fomos colocados em um transporte que tinha as coordenadas de ruas que nos levaria ao nosso Mundo.

Tudo o que ocorreu até este momento em nossas vidas, marcaria em nossos espíritos a pureza de nossas existências.

Era maravilhoso, eu e **ORION** estarmos voltando para casa. Para o nosso mundo, para o nosso povo.

Conversamos até o nosso sono alcançar os nossos sonhos e adormecemos as nossas inquietudes nos momentos plenos de inocência do porvir...

Como era um transporte da ARCA, mesmo adormecidos fomos conduzidos através do percurso programado sem outros acontecimentos pelo Caminho.

Ao chegar, no local do corredor do nosso Mundo, uma música nos fez despertar e vimos uma mensagem na parede central que anunciava estas palavras:

- Não deixem de acreditarem no amor, mas, certifiquem-se de não entregarem os vossos corações, mas sim, compartilharemnos com o que há de melhor neles, com alguém que dê valor; e que o outro tenha quase os mesmos sentimentos que você tem para com este indivíduo ou indivíduos.

Manifestem suas ideias, ideais, planos e, certifiquem-se de abraçar os indivíduos que vocês amam, sempre! Este ato revelará todo o conteúdo de amor que há em um Silêncio bem pronunciado....

EU olhei para **ORION**, e a abracei mais forte do que nunca, mas, com gentileza de alma e disse-lhe todas as verdades de meu espírito naquele momento:

- Em meus fantásticos devaneios, estes que são bem-vindos a reordenar a minha realidade, estes, eu os compartilho totalmente contigo, pois somente se deve compartilhar a intensidade do espírito com quem se ama, ama realmente, a ponto de buscar a Procriação.

Saiu assim, livre sem pensar no depois, somente racionalizando todos as percepções de meus sentimentos e emoções daquele e naquele momento, simplesmente assim.... Enfim, estávamos "em casa"! ...

CAPÍTULO 042 - **O ORIENTADOR ERA**

Apareceu-nos o Orientador **ERA** e indicou-nos onde havia roupas novas (do nosso Mundo) e entramos numa salinha e higienizamo-nos, trocamos de vestimentas e algo comemos.

Olhei para mim e **ORION** e vi que agora estávamos com as nossas vestimentas, cobrindo o que já sabíamos e identificando-nos assim com esta doce e gentil ignorância de tudo, que estava presente em "nosso Mundo".

Sabíamos que estávamos sendo treinados para operar o Controle da ARCA, mas, será que estávamos preparados para ter o controle desta situação que se apresentava "em nossa casa" ...

Definitivamente os nossos, iriam levar-nos diante do Conselho dos Antigos, estávamos a um bom tempo, "desaparecidos"; mas, tínhamos a nossa natureza...

Estávamos para entrar em nosso Mundo quando **ERA** chamou-nos a atenção...

Ele nos disse: - Sim! Vocês mudaram, mais por íntimo do que por externo, mas também revelam o interior da **ARCA** em seus olhos e lábios. Vocês dois têm sentimentos e sensações outras, tanto de seu Mundo para com a ARCA, como de um para com o Outro.

Busquem os Conselhos nos Tempos Antigos, estejam meditando em lugares que lhe sirvam de harmonia e recebam os ensinamentos que brotam de seus interiores. Vocês agora já estão se disponibilizando em ser UM por toda a Eternidade.

Isto sim é uma tremenda transformação e conquista! E ele continuou: - Os acontecimentos do Agora se expandem nas decisões que terão diante da Vida. O que vocês têm de força é a autoridade de vossa amizade um para com o outro e o poder de um amor que se vai expandindo até se tornar um como pares.

Tudo isto e muito mais, trará diante de suas imortalidades a responsabilidade e o privilégio de servir um ao outro por todo o sempre. Agora saberão de outros sentires, terão outras emoções e razões que nortearão os seus atos e fatos, como um e como pares.

O que separa este momento do próximo não é uma passagem de regresso ao "Mundo" de vocês, mas sim, a decisão de vocês dois em compartilharem passos para o todo o sempre...

Amar assim, tem os seus riscos, as suas renúncias, suas conquistas e principalmente, a imensa felicidade de compartilhar eternidades.

O **Era** sorriu-nos com um tom de acalanto, como uma brisa fresca em um dia de estação quente!
Sim! Reconfortante e esclarecedor.

Já havia uma decisão em nossos corações e sabíamos que nesta beleza de união que se avizinhava, também estaríamos lidando com muitas coisas, tanto dos Antigos, tanto como os novos horizontes que ponteiam o nosso doce porvir.
O agora urge o cuidarmos um do outro, de nosso povo, de todos os mundos e povos.
Amar é uma decisão, é um querer e este nosso querer se faz eterno.

CAPÍTULO 043 - **O RIACHO E A ÁRVORE ANTIGA**

Tratado treze

A revelação da abdicação em prol da Unicidade para com a Unidade, disto fala o tratado treze.

Parece estranho, mas, geralmente as pessoas não cuidam muito bem de quem consideram ter mais perto do coração, por acharem que sempre estão emanando amor; mas, o amor é um ato imperativo, tem que querer sempre e agora iriamos saber disto na prática.

Que Coisa doida...

Doida e doída...

Sentíamos que estes de perto do nosso coração, o nosso povo que os sãos, em sua maioria, estavam distantes da Verdade em suas ideologias previsíveis...

Pensávamos, o que será realmente este chegar em casa, o que significaria?

Era um tanto particular, um tanto vago...

Havia algumas interrogantes no ar....

Que coisas ocorrerão diante das Verdades que Agora sabemos?

Os Tempos que nos indicavam ações pré-estabelecidas, agora já se foram, tudo era relativo.

Estávamos sob a mentira particular dos líderes, de alguns pelo menos, mas os conhecendo, parecia-nos que eles tinham os seus motivos...

Deveríamos nos cobrir de Luz, como se fossem as nossas vestes espirituais e estender assim os céus com as suas cortinas temporais, dando tempo ao tempo, em seu percurso sábio...

A Verdade é única, mas é apresentada de várias maneiras.

Viemos buscar o que perdemos, mesmo que fosse este, O Silêncio todo de nossas palavras a serem proferidas, não revelando de imediato o que iriamos perder ou ceder para sermos.... Princípio do vazio.

Agora sabíamos que a Nave-**ARCA** existia e que ela estava habitada por vários tipos de diferentes indivíduos inteligentes, seres que poderiam conhecer todos os mistérios de vários Mundos.

É uma morada provisória de vários seres provenientes de vários Mundos...

Sim! É isto mesmo... Morada Provisória.

Provisória como a existência, que habita a realidade de um sonho que sonhamos como Vida.

Se continuarmos adormecidos, poderemos ferir a todos, com os pesadelos de outros; isto tudo aprendemos com as histórias reveladas dos descendentes que chegavam ao Comando da ARCA...

As histórias deles têm algo em comum, um sentir novo – um incômodo, que somente se apazigua com o acalanto das recordações vividas no âmago de seu próprio Povo.

A Essência é Tudo.

Pensei que deveríamos seguir para a Nova Terra e habitá-la o quanto antes; mas, **ORION** harmonizou-me dizendo que aprendemos a esperar os ventos que vem a qualquer hora e que se vão para outros lugares.

Isto traz sabedoria ás nossas asas, paz para podermos voar.

Contemplar o céu e saber que se pode voar...

Devemos ser capazes de voltar ao nosso Mundo, assim, em

inocência, pois muito ainda não sabemos.

Um destes segredos é não saber o porquê os Antigos guardavam tais segredos?

Eles são seres de Luz, então, eles têm a compreensão da Vida, portanto têm a Autoridade para guardar tais segredos.

Assim supomos...

Impetuosamente ponderei que eles provavelmente não sabiam de tudo, ou se sabiam algo, com o tempo estas informações se perderam, ou no mínimo não foram atualizadas, talvez poderíamos ajudá-los com isso...

Aprenderíamos imediatamente que considerar que a ausência de algo é falta do mesmo, é um engano provável.

Vivíamos uma ausência assimilada.

Tínhamos que decidir de qual maneira cumprir o primeiro dever da Lei universal...

Não interferir...

Devemos compartilhar as informações de outras existências, assim cremos, mas, primeiro temos que aprender a cuidar de nós mesmos, para assim podermos cuidar dos outros.

Vida requer responsabilidade!

Existência requer compromisso!

Prosseguimos em nosso caminho.

Alegres e vestidos de acordo, com as nossas roupas de inocência premeditada, de nossas utopias contemporâneas adormecidas, tentávamos não demonstrar um sorriso tímido.

Iniciamos os nossos passos revolucionários com as nossas almas estrondosas; libertando-nos desta prisão de aparências.

Felizes, caminhamos pelos riachos até chegarmos à **Árvore Antiga.**

Esta Árvore Antiga estava no Centro de nosso Mundo, já estávamos viajando há algum Tempo, todos que encontrávamos pareciam que notavam algo em nós, mas, ao mesmo Tempo, notamos que algo se havia perdido...

Tínhamos a noção de passos abandonados pelo Caminho.

De quem seriam estes passos? ...
Lembramo-nos do Tratado da Árvore Antiga. Este, trazia em si o significado de todos os Mandamentos Verdadeiros do Universo.

O resumo de tudo é o que os aprendizes se instruem naquilo que vivem plenamente:
- Sendo o aprendizado de Tolerância, os aprendizes vivem a Paciência.
- Sendo o aprendizado de Retidão, os aprendizes vivem a Justiça.
- Sendo o aprendizado de Segurança, os aprendizes vivem a Fé.
- Sendo o aprendizado de Amizade, os aprendizes vivem o respeito.

Sim! Estes são os devaneios da beleza da Vida. Estes nos designam a vivemos em plenitude.

Não sabemos o que seja a submissão, está estava nos tempos primórdios dos primeiros Colonos, registros em letras apagadas nos contos dos incautos...

Nascemos com o livre-arbítrio Espiritual, e dedicamo-nos à afetuosidade, decidimos compartilhar a existência, com carinho.

Sim! Sempre foi uma questão de decisão, sem ter necessariamente uma opção contraria a tudo àquilo de belo e harmonioso que a nossa existência eterna nos dá.
Sabíamos que estávamos no contexto do bem, tínhamos a nossa própria Luz.

Estávamos alegres para realizarmos tudo o que deviríamos

realizar.

Uma voz nos resgatou de nossos devaneios, parecei-nos que brotava da Árvore Antiga:

- "Os vossos passos deverão ter a cadência segundo os vossos esclarecimentos e de acordo com a maneira e o método pelo qual revelam e expressam adequadamente a Verdade compartilhada".

Assim eu e **ORION** percebemos que um dos Antigos nos convidava a acompanhá-lo, dando-nos estas palavras tão sabias....

O Antigo nos falou que pelos nossos olhos, notará o brilho de muitos Mundos. E sobre tudo de um determinado Reino.

O Reino da ARCA...

ORION alegrou-se tanto, tanto, que faltou pouco para lançar-se aos braços do Antigo e eu estava com energia suficientemente preparando-me para correr...

Ele nos disse o seu nome (coisa que os Antigos nunca faziam); O seu nome era **ARCADIEN** e sabia de muitas coisas que muitos de muitos Mundos não sabiam, mas que deveríamos ter reservas...

A maioria dos Antigos somente sabiam que deveriam ocultar algo, mas, não tinham o total conhecimento do que estavam ocultando. Portanto, caminhemos como se estivéssemos conversando com o **ERA**.

Isto foi um choque cultural para mim, como **ARCADIEN** conhecia tudo aquilo e até mesmo, conhecia o **ERA**.

Será que o conhecera como holograma, ou antes?

ARCADIEN contou-nos que há algum tempo o ERA apareceu-lhe ali mesmo, ao lado da Árvore Antiga e falou-lhe de imuitas coisas, e gradualmente foi esclarecendo os segredos que ele guardava.

ARCADIEN tornara-se o **ERA** do Conselho dos Antigos e fez-lhes perceber um pouco mais além de tudo que protegiam saber e de todos os segredos que procuravam compreender...

Foi um aprendizado importante.

ARCADIEN sabia do nosso regresso, bem como sabia que iríamos ter alguns inconvenientes, mas tudo estava no controle. Então, disse-nos que o Conselho havia convocado a nossa presença diante deles e que queriam saber onde andávamos e o que estava acontecendo conosco...

Por fim, **ARCADIEN** disse que desejava que os nossos novos passos na **ARCA** fossem gratificantes e envoltos em Luzes infinitas.

Desta maneira **ARCADIEN** conduziu-nos até o Conselho dos Antigos e disse-nos que não revelássemos nada do que sabíamos e tão pouco que sabíamos o seu nome, pois os Antigos não tinham nomes, tinham **Unidade**.

Diante do Conselho dos Antigos, escutamos todos eles falando cada qual ao seu momento e por último o nosso recém-amigo nos fez algumas perguntas:

- O que vocês sabem dos Caminhos Ocultos?

- Quais são os desejos dos descendentes?

- Que proposta unificadora nós teríamos para o presente neste nosso Agora?

E por fim, ele fez aquela pergunta: - Quando seria a nossa União em Procriação, para que eles pudessem reservar um dia de Luz para nos qualificar para tal? ...

Estremecíamos por dentro de tudo aquilo que nos foi perguntado. Em um determinado momento nos parecia que eles já sabiam de tudo até mesmo de nossas intenções mais íntimas, como no caso da última pergunta. Então, como futuro homem de Família eu respondi a todas as perguntas: - O que nós sabemos dos caminhos ocultos?

– Sabemos que se oculta coisas aquém do que se deveria saber. Para isto serve o oculto, para proteger a ignorância do todo, ou de alguns.

Quais são os desejos dos descendentes?

- Que vivam plenamente a Verdade e que compartilhem mais do que a existência de um, que compartilhemos a Vida.

Que proposta unificadora nós teríamos para o presente em futuro?

- Que aprendamos mais e mais a Verdade e que assim possamos tomar decisões outras ou simplesmente cumprir o que se deva cumprir em prol de Todos os Seres Viventes.

Quando seria a nossa união em procriação, para que se possa reservar um dia de Luz para nos qualificar para tal? ...

- Esta decisão já estava em nossos corações, mas, ainda não tínhamos conversado maduramente sobre o assunto e como é algo íntimo, nós preferimos ter primeiro um Orientador de Procriação para podermos decidir em harmonia.

De repente um dos Antigos nos fez uma pergunta bem direta: - O que vocês sabem e estão escondendo, por acaso não deveríamos falar sobre os próximos passos de Todos os Povos?

ORION em sua inocência lhe respondeu automaticamente através de sua felicidade em seu coração, ela disse: - Já que sabem de outros Povos e das decisões para todos, ajude-nos a esclarecer muitos, pois necessitaremos de toda a ajuda...

Foi no final de suas palavras que ela percebeu que foi uma pergunta baseada no que ele conhecia até o encoberto, ele não sabia de nada mais e nós estávamos tocando em algo que eles não podiam admitir...

Neste momento o Conselho em uníssono nos disse que deveríamos estar em resguardo do Silêncio até se completarem Quarenta dias de Luz.

Isto significava que não poderíamos sair da presença do Conselho neste tempo de quarente dias de Luz e, portanto, não estaríamos aprendendo o Comando da ARCA.

ORION olhou-me com os olhos mais profundos que eu já tinha visto até então e disse-me em uma voz suave de acalanto: - **ARCÁN**, nós devemos ir.

Pensei: - Eles não permitirão vivermos a Verdade plena. Não por hora. Temos que sair agora...

Começamos a correr e ouviu-se as Trombetas Antigas e sabíamos que tínhamos acabado de desafiar o Conselho dos Antigos e que iríamos estar reclusos em breve.

Corremos, corremos até a grande planície, onde tinha uma pedra horizontal mais elevada e neste instante fomos rodeados pelos Guardiões, os Antigos e outros do nosso povo.

Sabíamos que estaríamos sendo levados em breve para além de quarenta dias de Luz; neste momento eu lhes disse que ali perto havia a Montanha do Céu e havia uma pedra lateral e um túnel, um corredor...

Fui abruptamente interrompido com o uníssono do Conselho dos Antigos dizendo-nos que estávamos expulsos da convivência até que reaprendêssemos os nossos costumes novamente.

Isto eu sabia que poderia levar uma Vida e meia, por tanto, não poderíamos continuar com aquilo, deveríamos falar mais abertamente para poder esclarecer de vez, mas, neste momento, sentimos uma voz que pôs uma brisa refrescante de paz em nós.

Era de uma Jovem Mulher de trajes diferente, tez branca como as gotas dos dias de Luz no Ciclo Frio; e, de pronto, quando todos estavam congelados diante de sua presença e beleza, ela nos disse:

- Rápido para a Montanha do Céu, o Comando necessita de vocês...

Pulamos da pedra em direção a ela e fomos alucinantemente para a Montanha do Céu, e todo o povo, com os Guardiões ao nosso encalço...

Eu estava lembrando de uma cantiga de criança que dizia

assim: - Ser criança é correr até acabar o fôlego, rolar pelo chão, falar o que vier na cabeça e brincar de qualquer coisa.

Tendo a inocência como a principal característica; valorizar a vitalidade e procurar a essência da Vida.

Dar-se um sorriso que somente se importa com a Paz. Assim somos, alegres em nossa natureza.

Amamos...

Sei que esta é uma Verdade inerente a todos os corações, até mesmo dos nossos perseguidores.

Estávamos sendo chamados á Verdade que habita a eternidade.

Sentíamos como crianças, correndo com o Vento...

Corria águas em nossos olhos, sabíamos que era um adeus a tudo aquilo que tínhamos aprendido como verdade...

Eram lágrimas de despedida, de todas as palavras e de todos os silêncios que se farão presentes com a nossa partida, tanto em nós, como neles...

Estávamos ao mesmo tempo distanciando-nos de nós mesmos e encontrando-nos no além de todos os mistérios.

Ao chegarmos a Montanha do Céu, a pedra lateral já estava quase totalmente movida, entramos e tinha outra pessoa que rapidamente a moveu cerrando a passagem. Encobrindo a verdade que ficou...

Era um Homem Jovem tão branco com a Mulher. Eles não eram somente de tez Branca, ele e ela eram quase translúcidos.

Bem, eles continuavam caminhando, entramos na Grande Avenida da **ARCA** e subimos de golpe ao transporte que ali estava. Ele indicou a nós que iríamos conhecer um Povo de um Mundo que sabia de tudo, era o seu Mundo, que fazia parte do Reino Unificado, mas que tinham parte nos preparativos do Comando da **ARCA.**

A propósito, o nome dele é **YDEHOY** e o nome dela é **YOHEDY**, chamou-nos a atenção, mas, algo de especial eles tinham além de seus nomes...

Estávamos com os nossos olhos cheios de águas, águas que caiam sem parar, não tínhamos vivenciado isto antes, tão fortemente, tínhamos sentindo algo novo dentro de nós e ao mesmo tempo, uma certeza que eu e **ORION** éramos um.

Passou-se um tempo e o Silêncio suplicava guarida. Somos caminhantes das Estrelas, que já não tínhamos os mesmos pós sob os nossos pés...
Somos UM com o conhecido que muitos desconhecem.
Agora.... Deixamos a nossa inocência no Riacho da Árvore Antiga.

Nossas raízes estavam suspensas no ar....
Continha a nossa alma a certeza de nossos frutos!

CAPÍTULO 044 - **A GENEALOGIA**

Nossa genealogia era mais antiga do que pensávamos e mais diversificada do que se pretendia.

Tínhamos nos alimentado dos frutos do conhecimento e recebemos amplitude em nossas Vidas.

Deveríamos fincar as nossas raízes e os nossos passos seguintes e caminharmos firmes com a Verdade do Universo.

Compartilhamos estas decisões com os nossos pares, os Antigos; que existiram por sempre, de longos dias de Luzes, de costumes renovados, que de antes da aurora que já existia, existiam indivíduos que conheciam segredos de outras eras.

Devíamos os nossos agradecimentos sinceros a eles, pois, apesar de tudo, eles serviram ao bem comum, em suas formas de verdades.

Os Antigos de "Nosso mundo" são tão inocentes como nós o somos agora!

Agora estamos na realidade absoluta.

Caminhamos a conhecer **A Cultura dos Imortais**, dos **Orientadores do Universo**, dos **Mestres dos Ventos**, dos **Operadores da ARCA**.

- Os Mestres dos Ventos são àqueles que sabem a respeito do Comando da ARCA.

O **YDEHOY** falou-nos assim, meio sorrindo... E continuou: - Se harmonizem! Dá para escutar os seus corações batendo tão forte a sete ruas daqui. A respiração de vocês está mais forte do que o Vento.

Todos nós sorrimos fortemente e respiramos profundamente, o ar renovava de Verdade tudo aquilo que vamos saber...

A **YOHEDY** tão suave com a sua pele, disse-nos: - Tenham

Equilíbrio e Paz bem presentes em suas existências. Vocês estarão sendo mais do que treinados, estarão sendo ensinados na Arte do Comando da ARCA por Mestres dos Ventos, os instrutores do nosso Mundo. E antes de tudo, vocês receberão Orientações dos passos de suas Vidas, daqui por diante Ser Um e acolher o Todo.

Vocês têm uma decisão de Vida pendente para ser orientados...

Sorriu-nos!

Eles nos conduziram a um quarto que já estava preparado para nós e assim adormecemos...

Adormecemos de tanto imaginarmos tempos e situações.

Buscando nos harmonizarmos, tivemos sono que nos fez sonhar com a Paz querida e requerida, e harmonizamo-nos de vez.

Nós nos despertamos com uma melodia agradável como sons de metais, pedras e ventos.

Ao despertarmos percebemos que se passaram algum Tempo de Luz e chegamos à rua que levou à entrada do Mundo dos Translúcidos.

Havia uma inscrição no Portal do Mundo deles, estava na Voz dos Imortais mais antigos.

Vozes de asas ao vento!

Ao descermos do transporte o **YDEHOY** disse que estaríamos conversando com um velho amigo.... Este velho amigo era o **ERA**.

Tivemos uma prévia apresentação da cultura daquele Povo feita pelo Orientador **ERA** que nos apareceu como sempre, de forma holográfica e alegre, outros esclarecimentos feitos pelos nossos novos anfitriões também foram muito proveitosos.

A **YOHEDY** disse-nos que deveríamos ficar três Tempos nos preparando para habitar aquele Mundo, pois, os nossos corpos se ambientariam neste Tempo determinado, para estarmos em harmonia com a atmosfera de lá que era um tanto diferente das demais.

Isto era necessário para que não houvesse estadias de outros indivíduos de outros Mundos no meio deles por muito tempo.

Esta atmosfera de proteção para com a Verdade da ARCA realmente se fazia necessária. Portanto, passaríamos por esta adaptação...

Trocamos de vestes e percebemos que estávamos um pouco mais altos do que antes; eles nos explicaram que era uma adaptação necessária para não chamarmos tanta atenção.

Um toque de magia cientifica dos Antigos...
Tudo bem que no Mundo deles, eles sabiam de tudo, mas, nem todos e nem tudo era normalmente tradado.
Isto acontecia para não ficar muito pesado a existência em relação a Vida.

Também nem sempre era levado a eles, seres de outros Mundos. Portanto, deveríamos manter o nosso aprendizado e assim entrarmos na Verdade absoluta dos atos e fatos com todos os Silêncios necessários e ao mesmo tempo, tentarmos não nos incomodarmos com os que eles faziam sem nos consultar...
Compreendíamos que havia uma necessidade imperativa que era maior que a cortesia...
Ao terceiro dia os nossos estômagos estavam borboleteando... Era algo que nunca sentíamos antes.
Era uma sensação absurda...

Necessidade de algo? ...improvável.

Fomos levados a uma sala maior, onde realizamos a nossa alimentação enquanto assistíamos fatos acontecendo no Mundo dos Translúcidos.

Ficamos sabendo que os Translúcidos tinham o nome de "**o Povo YDeHLuK**", que era considerado o Povo de mais sabedoria dos Universos conhecidos e que tinham a capacidade de se importar incondicionalmente com o outro. Da maneira deles, por certo!...

Eles são os descendentes dos treze Reinos que abdicaram de suas existências em prol da ARCA. Em seus ADNs estavam escritos todos os segredos que as páginas do Universo poderiam revelar.

Eles eram o Povo que decidiu abdicar da individualidade de seus treze Reinos e que se uniram para o bem comum.

O Comum dos Povos...

São Verdades que somente no íntimo do Universo se pode viver, creio que é algo assim.

Inexplicável, mas totalmente compreensível!

CAPÍTULO 045 - **OS TREZE REINOS**

Tratado Quatorze

O YDEHOY e a **YOHEDY** nos apresentam ao seu povo.

Um terço do seu Povo Jovem decidiu deixar o seu belíssimo Mundo para voluntariamente estarem a serviço da ARCA.

Formam os Treze Reinos presentes e a sua Biosfera foi projetada e construída por eles, bem como os outros mundos primordiais na ARCA.

Eles decidiram compartilhar...

O Povo YDeHLuK tem esta aparência translucida, porque o ADN deles está mais próximo do ADN original.

Eles receberam os seus ensinamentos com os Instrutores das Estrelas e o que parece, eles são os mais antigos de todas as galáxias, mas ao mesmo Tempo, eles mesmos fazem menção de outros três Povos mais antigos ainda. Enfim, eles estiveram presentes em todas as culturas pelo Universo.

Às vezes coletando informações do desenvolvimento da cultura de um determinado Mundo, outros momentos, participando da Colonização de outros planetas.

Participaram de recolhimento de indivíduos de vários planetas e culturas distintas. Por fim, eles conhecem todos os seguimentos do ADN dos indivíduos de todo o Universo.

Eles, como ninguém mais, entendem a Lei da não Intervenção...

Uma coisa interessante que conseguimos notar de imediato é que eles têm uma confiança irresistível na discrição.

Não se preocupam em ter poder, mas exercem plenamente a Autoridade. Algo nato!

Eles transmitiam a nós, muitas informações e assim conseguíamos acompanhar e entender a forma de viver deles. É bem notória a Consciência de Unidade que eles têm e exercem.

Tudo é um.

Resguardam a Unicidade e vivem a Unidade.

Eles possuem um equilíbrio e Paz que simplesmente nos domina de imediato.

Sim! Eles realmente nos cativam com a sua presença.

O YDEHOY e a **YOHEDY** são os Príncipes Herdeiros do Conselho dos YDeHLuKes.

Eu e **ORION** não sabemos se eles são gêmeos, pares ou, simplesmente amigos... e ao mesmo Tempo em que eles têm esta aproximação natural conosco, também têm um distanciamento que é um sutil bloqueio. Isto nos parece inerente à sua Autoridade diante do Universo.

Sabemos que eles não vivem sós. Nunca...

O **YDEHOY** e a **YOHEDY** fizeram-nos entrar em seu Mundo, e fomos levados diante do **Conselho dos YDeHLuKes**.

Fomos recebidos como Aprendizes do Comando da ARCA.

Notamos que tinha algo mais, mas não conseguimos perceber toda a dimensão naquele momento.

O Casal Real dos YDeHLuKes nos saudaram com a saudação marcante deles: - **ARCÁN** e **ORION** que os ventos soprem equilíbrio e Paz em seus Espíritos e que os vossos passos sejam de conquistas e realizações. E que as luzes de todos os saberes, brilhem em vós e em seus descendentes.

Pensei eu que era muito significativo para nós, esta prudente separação, entre conquistas e realizações...

Quando comecei a olhar a **ORION** para lhe dizer isto em sussurros; **O Guardião do Reino** apareceu e disse-nos que antes de tudo, deveríamos irmos com ele para que conversássemos com o

Orientador de nossos passos de Família e indivíduos que somos.

Somente depois de nossas decisões é que se poderiam dar continuidade às instruções e que teríamos três dias de Luzes para estes novos passos.

O nosso Orientador de Procriação, Família e Individualidade tem o nome de **ZHEDAR.**

Conhecemos **ZHEDAR**, ele é um adulto com um leve toque de Ancião.

Falou-nos dos Valores Supremos, de Princípios Universais que permeiam vários Mundos.

Com um olhar taciturno nos convidou a que nós nos preparássemos para a Realidade de Dois e Sonhos de Um. De pronto, perguntou-nos se havíamos conhecido integramente, e eu ressaltando a educação cultural de nosso Povo, disse-lhe que, todavia, não; mesmo havendo uma mútua consciência para que isto sucedera.

ZHEDAR sorriu-nos, e continuou a dizer-nos que a Realidade da existência de nossa Imortalidade, estava centrada nas decisões deste compartilhar eterno de Procriação. Reconheceu que tínhamos a capacidade intelectual para conhecermos **A Consciência de União Completa** e que esta liberdade nos faria percorrer horizontes novos, que conquistaríamos e realizaríamos sempre em par.

ZHEDAR também nos falou um pouco de sua decisão, de sua Família e o impulso Espiritual à busca de compartilhar a existência em Vida, e então, perguntou-nos: - Vocês querem iniciar a experiência do Caminho de Conhecimento dos Pares por toda a Eternidade?

Respondemos em uníssono sorriso:

- Sim! Queremos! ...

Com esta nossa resposta, **ZHEDAR** em tremenda alegria conclamou aquela reunião de Orientação de Vida, dizendo-nos que, seja qual for o momento presente, aceitar o outro é ter decidido ser a si mesmo o Tempo todo.

Ser a si mesmo é sermos aliados como amigos, transformados pela União completa, cumplices da existência em par, por onde conheceríamos todas as sensações e desejos nunca antes compartilhados diante da Vida.

A existência dos pares é a razão da pura dedução lógica da essência da Espiritualidade, pois revela Vida.

A razão é o desígnio da existência de todas as nossas percepções, sensações, sentimentos e emoções; e que a união corporal nos faz mais fortes diante da infinitude da eternidade. Decisão por razão espiritual.

Este é o nosso Caminho como povos e filhos das estrelas, mas para tal, vocês devem saber se são plenamente compatíveis para a semeadura... e estejam se conhecendo Intensamente, Espiritualmente!

Alegres com a nossa decisão, acompanhamos **ZHEDAR** ao local da Semeadura Universal.

Estaríamos ali o Tempo de Luz inteiro daquele dia para realizar todos os testes de compatibilidade e realizaríamos todos os jogos de afinidades e de superação mútua, bem como o encontro de nossos Espíritos; e somente ao final do dia de Luz seguinte, nas primeiras horas de pouca Luz, receberíamos os Sinais de nossas Decisões.

Tanto podendo ser uma confirmação de continuidade, como podendo ser uma derradeira recusa....

Sabíamos que não poderia ser decidido somente em nossa alegria de União, em nossos olhos transbordantes de águas de felicidade, e nem em nossas íntimas percepções um do outro.

Este procedimento não era um sonho, mas sim, uma Realidade Perpétua que teria a responsabilidade de gerar outros seres a partir de nossa União Total.

Imortais gerando imortais.

Esta responsabilidade, de tudo estar perfeito, era indispensável a qualquer determinação de sobrevivência de todos os Mundos.

Na ARCA não havia se quer uma união que não passasse por este processo e somente seguia em frente com o consentimento dos Conselhos de cada Mundo.

Quando outorgada, era recebida como dádiva graciosa a nossa Imortalidade é seguíamos os processos como foram firmados antes do surgir do Tempo.

Nisto confiamos! ...

As nossas prioridades são exercidas conforme se utiliza o Tempo, em todos os Espaços.

Temos a provisão que é infinita tal qual a nossa Imortalidade.

Os nossos atos de aprendizagem neste processo nos permitirão ter maior e mais intensidade em todas as nossas Percepções provenientes de nossas Uniões nas três dimensões de nosso ser.

Pois, sendo assim, o nosso Físico unirá as nossas Almas e tornarão os nossos Espíritos com UM.

O nosso Físico será um, a nossa Alma será uma e o nosso Espírito mesmo separados seguirão lado a lado como Um, por toda a eternidade.

Esta é a nossa decisão e sabíamos que decisões são para sempre vividas. Existência efetiva. Realidades exteriores e interiores neste Agora.

Cumpriremos o Ato real.

Somos súditos eternos do Reino universal, e tornar-nos-emos Família do Reino.

Os nossos Físicos se uniram em continuidades infinitas e as nossas Almas terão a sabedoria que somente os pares podem ter, e estarão contidas em nossas Mentes para o todo saber.... Por tanto, os nossos Espíritos decidiram caminhar lado a lado, por todo o sempre... Sempre! E com todas estas expectativas, aguardávamos em serenidade as decisões dos sábios...

CAPÍTULO 046 - **A NOTIFICAÇÃO**

Depois de algum Tempo de Luz, fomos novamente levados diante do **Conselho** e o **Guardião dos Ventos** deu-nos a notificação em relação à Procriação.

Estávamos um tanto apreensivos, pois lá no fundo, atrevíamos a cogitar a hipótese de não sermos compatíveis.

Se assim fosse, tudo estaria terminado e não tínhamos planos para este tipo de outro Agora...

Como iríamos continuar tão separados, pois a impossibilidade, se declarada pelo Conselho, afastar-nos-ia eternamente.

Isto seria de muita, muita solidão.

Neste momento **O Guardião dos Ventos** declarou a notificação em alto e bom tom:

- Os que se elegeram para a Procriação, **ARCÁN e ORION** diante de todas as Estrelas...

Representantes de todos os Mundos que existiram, existem e existiram, são declarados:

- "**Eternamente Compatíveis**", por tanto - **Pares**...

Deste momento em diante usarão os símbolos de Luz dos Pares Perpétuos.

Uau!

Tudo coopera para aqueles que creem...

Que alegria tão alentadora! ...

Tivemos o **YDEHOY** e a **YOHEDY** como Seladores de nossa União e o **ZHEDAR** como Oficiante.

Deste momento em diante Somos um PAR Eterno.

Para comemorarmos tal acontecimento, tínhamos por Direito Universal três Ciclos de Tempo de Intimidade para a Procriação e por seguinte, iniciamos a sequência numérica de nossa Família Constituída.

Agora deveríamos viver O Silêncio dos Pares.
Unimos os nossos Espíritos em passos paralelos de existências...

Uma Luz de uma cor e tom nunca visto por nós antes, envolveu-nos e sentimos a intensa Verdade absoluta de nossas decisões.

Somos um. A Eternidade está no Espírito.

Neste momento solene **O Casal Real dos YDeHLuKes** declara a continuidade de nosso aprendizado como Controladores da ARCA.

Comunicaram-nos que estaríamos e conviveríamos naquele Reino no período dos três Ciclos de Luz e depois iríamos para a sala de Comando da ARCA e viveríamos no interior da **ARCA**.

Assim aceitamos e estávamos prontos para cumprir com estes passos...

A ARCA será a nossa Casa, o lar que proverá tudo o que necessitamos... a nós e aos nossos herdeiros! ...

O YDEHOY e a **YOHEDY** estiveram sempre presentes em nosso aprendizado, os ciclos se completaram, a nossa formação também.
Concluímos a nossa União Plena com a semeadura de **ORION** de dois novos seres que estão a caminho.
Receberíamos um Menino e uma Menina.

Seremos os Progenitores destas novas existências... Que revelam Vidas.
Que felicidade! ...

Sinto toda a vitalidade da Imortalidade e **ORION** revela toda a beleza do Universo em seu Ser.

A Eternidade concedeu-nos herdeiros não somente de existência, mas são principalmente, herdeiros de Vida.

A Vida é Eterna!

Agora estamos gestando continuidades...

CAPÍTULO 047 - **UM ESPÍRITO**

Tratado Quinze

Um querer, uma Verdade, uma história que se constrói com passos determinados a cada vez...

Assim foi o nosso Tempo de Aprendizado.

Recebemos uma notícia inesperada, por causa da nossa adaptação ao Mundo dos YDeHLuKes, esta notícia enfoca os nossos filhos.

Tanto o nosso Filho, como a nossa Filha terão os seus respectivos ADNs semelhantes aos deles e nós teremos uma proximidade real também de nossos ADNs.

Teremos a continuidade dos Povos Antigos! ...

Que maravilha! Pois, alguns conhecimentos e manuseios destes, somente podem ser executados pelos possuidores deste ADN mais próximo ao Original.

Este acontecer é um presente das Estrelas.

Os nossos Espíritos estavam em Paz e com a certeza da concepção em total perfeição de nossas sementes, e mais ainda, tendo o Equilíbrio do nosso Caminhar com este Presente das Estrelas, que é determinar em nossa eternidade o ADN mais original...

Como tínhamos um terço de um Ciclo de Tempo para a gestação e o surgimento destas novas existências e expressões eternas de Vida. Teríamos o tempo perfeito para o aperfeiçoamento neste momento de júbilo como Progenitores.

Um dos Ensinamentos para os Progenitores era este: - "Aprendam com o Tempo do Agora; recordá-los e afastem-se deles conforme os passos se apresentem. Vivam o Presente do Agora sempre e saberão que o Futuro dos "Agoras" não se lamenta porque se vive todos os Tempos. Sempre!".

ORION já sentia os Seres Espirituais, em sua forma Física e Mental habitando nela. Tudo isto era uma alegria imensa.

De repente ouvimos: - Percebo que a Maturidade Espiritual existe em vocês, e a União se faz eterna com alegria e continuidade.

Parabéns! A Vida de vocês não é um ato passivo.

Estou observando firmemente as evidências desta manifestação visível de eternidade compartilhada que vocês emanam.

Vocês têm o brilho Espiritual da presença da Vida.

Estou contando com isto para fortalecerem vocês em seus desafios diante do **Controle da ARCA**.

O real crescimento Espiritual jamais será uma busca individual e solitária.

A maturidade é alcançada por meio de relacionamentos e de Vida em sociedade.

Existirá Unicidade de finalidades Espirituais em todos os nossos atos, somente quando, percebemos Unidades.

Assim completou as palavras de nosso Orientador **ERA** e ele nos convidou a que entrássemos no "Interior da **ARCA**".

O YDEHOY e a **YOHEDY** nos acompanharam até a entrada à **Avenida da ARCA**.

Eles se despediram nos dizendo A Saudação dos Caminhantes: - "Na vastidão dos Universos conhecidos, os nossos passos se encontrarão diante da evolução da Vida.

Nós somos Originários do pó das Estrelas e percorremos todos os Mundos.

Transformamos experienciais em forma de alcançar o

outro e de realizar a União Espiritual entre todos os Povos.

Que sejamos um resultado inevitável das decisões de cada um, tornando-nos andarilhos do Caminho, irmãos do Conselho e Espíritos de UM".

Agradecemos por tudo e, dizendo-lhes a frase de todas as tonalidades, do nosso povo: - "Quando tomamos a Decisão por Um; o resultado é Ser integralmente um indivíduo que aprende a compartilhar a existência e se descobrir no outro".

Neste momento o príncipe **YDEHOY** e a princesa **YOHEDY** retornam para o Mundo deles e nós seguiremos os passos naquele novo e já conhecido Caminho da verdade.

Agora já não mais estávamos seguindo o caminho dos passivos, somos ativamente responsáveis diretamente por duas existências novas, além de nossas próprias e dos outros eternos.

Os ensinamentos na ARCA são de uma disciplina incontestavelmente eficaz; pois, a educação é assim: - Os Orientadores sempre ficam em Silêncio quando executam os testes para dimensionar o aprendizado, desta forma vivemos, nas entrelinhas dos Silêncios de nossos percursos de aprendizagem, a sabedoria.

Todo aquele que é aprendiz de si mesmo, tem um Tempo para conquistar e realizar.

Todo o mestre tem um Agora passado atuando em seu presente. Esta é a Autoridade do "Agora"! ...

Sabemos que em nossa missão de Vida, em nossa existência do Servir, encontraremos os mensageiros que conduzir-nos-ão à Expansão da Sabedoria.

Estes mensageiros são Espíritos únicos; pois, compreendem a missão, reconhecem os fatos e se perpetuam nos atos.

Servem em liberdade plena...

Conhecemos as nossas Decisões, e dispomo-nos a Servir à ARCA, e os seus.

Os nossos talentos existenciais e as nossas aptidões de Vida estão para servir...

De todos os tratados que aprendemos, destes Trinta e Cinco que estamos vivendo; percebemos que, as considerações finais de cada estágio de sabedoria, sempre nos levam a um começo de tudo, partindo de nossas experiências.

Agora caminhamos **O Caminho Real**, estamos literalmente no "Interior da **ARCA**".

Somos os operadores que mantém a Vida e acautelamos o fluxo da existência de todos.

Havia um transporte ali, para ser usado por nós.

Acomodamo-nos e lembramo-nos das sequências para levar-nos ao **Comando da ARCA**.

Recordamos que foi assim que iniciamos esta nova jornada em nossas Vidas.

A nossa Família recém-constituída se ampliava.

Estamos felizes!

Acomodamo-nos no transporte e adormecemos, pois, a viagem ao início de tudo, levava um bom Tempo percorrido.

Sonhamos a quatro; com todo O **Agora** de nossa existência e Vida.

Salvamo-nos de nós mesmos, nós nos ampliamos em sabedoria e atos, tornamo-nos UM em Espírito.

Doce adormecer...

Percorrer estas distâncias pelo interior da ARCA era algo surreal. Mesmo adormecidos, a certeza de que a paz era possível nos confortava a alma.

Conquistávamos a cada dia de Luz, vitórias compartilhadas com todos os mundos existentes, em suas necessidades e recursos para despertarem para a verdade iminente, respeitando cada momento, cada cultura, cada povo e principalmente não interferindo em suas decisões, mas dando-lhes formulas melhores em suas escolhas.

Compartilhávamos mais do que esperanças.

Compartilhávamos realidades.

Estas que conhecemos e que de certo modo, todos iriam conhecer.

Em nosso íntimo, **ORION** e eu, sabíamos que haveriam outras realidades que deveríamos conhecê-las!

...

DADOS DO AUTOR
Tomo 2

Sou brasileiro de nascimento, sul do Brasil, descendente de italianos, tornei-me também cidadão peruano por matrimônio, por decisão própria; e cidadão do mundo por reconhecimento de existência.

Exerci várias profissões que me possibilitaram viajar por todo o Brasil e América latina.

No Brasil e no Perú com minha família; escrevi meus livros.

No Perú exerci à docência em algumas universidades e em um instituto de formação de tradutores, entre outros divertimentos intelectuais.

Lúcio Alex. Belmonte

DADOS DO LIVRO
Tomo 2

Leitura destacada: **Beatriz VM.B.**

Sofya Belmonte

Idioma: **Português (Sul-Brasil)**

OUTROS LIVROS DO AUTOR

1 - Facetas Humanas; (Romance)

2 - O Aprendiz do Caminho; (Romance)

3 - O Jovem e o Ancião; (Romance)

4 - Semelhantes; (Contos)

5 - A Cidade dos Imortais; (Romance)

6 - Caminhantes; (Conto)

7 - Os Limites que Caminhei

8 - (Sonetos Livres); (Poesia)

9 - Universo Alterno; (Romance)

10 - Os Pacíficos Descontinuadores (Romance)   11 - aquele monge levitando? (R ou C ?)

12 - Universo Alterno (Romance)

13 - Pensamentos Intensos (Conto)

14 - Tempos e Sonhos

15 - Os Filhos das Estrelas - os sobreviventes do gelo.

16 - Quarenta Passos; 2.000 (Conto)

17 - As Histórias de um Menino (Conto)

18 - Contos de um Adolescente (Conto)

19 - Relatos de um Jovem Adulto (Conto)

20 - Não me avisaram que eu era um Adulto

21 - Serei ou Seria um Adulto Maior?

Trilogias

Monarcas e Monos:
1 - A Irmandade dos Príncipes;

2 - A Sociedade Quase Secreta;
3 - A Sociedade Indiscreta.

A Irmandade Nazireus:
1- A Irmandade da Dúvida
2- Os Silêncios
3- O Guardião Real

Séries:

Tertúlias da Madrugada:
- Cartas para um amigo
- Conversa quase franca
- O silêncio - Soníferas ilhas

Filosofia Espiritual:
- A verdade vos libertará
- Caminhando com o Criador
- Testificando o Supremo
- Ocultamentos
- Outras possibilidades
- Ética e Moral Espiritual
- Simplicidade de existir

Libros que Críe en español:

- Esa es Tu Libertad

Libros Bilingües (PT x ES / ES x PT):

- Sonetos Libres;
- La Ciudad de los Inmortales;

Escritor Lúcio Alex. Belmonte

AGRADECIMENTOS

Agradeco ao Eterno por estar vivo e ter a oportunidade de existir relamente.

A todos os amigos e amigas que tive e que terei.

Por cada inspiraçao recebida, destas letras que se ajuntam formando palavras com significados profundos, de frases que revelam a arte de existir.

A minha esposa por sempre desejar que eu me torne uma pessoa melhor.

A minha filha que com a sua sinceridade me presentea com a sua confiança e seu amor.

A todos os leitores e leitoras, que depositam confiança em cada projeto meu literário.

Grato a todos!

Lúcio Alex. Belmonte

PERSONAGENS

DO TOMO 2

Eu - **ARCÁN** (O Senhor dos Segredos)

Amiga - **ORION**

Orientador – **ERA**

OS ANTIGOS

OS GUARDIÕES

PRÍNCIPE DA GUARDA

Orientadores - **KAENNON** e **LÍPURAN**

O GUARDIÃO DO REINO (Filhos das Estrelas)

QUYNN e **MIÁKIA**

YDEHOY e **YOHEDY**

ZHEDAR

O GUARDIÃO DOS VENTOS

TOMO 3 - ATOS E FEITOCAPÍTULO
048 - INFALÍVEL